# NOTES

SUR LES

# DÉPRESSIONS BAROMÉTRIQUES

## EN EUROPE

(Juillet 1877 à janvier 1880)

PAR

## M. A. LEPHAY

ENSEIGNE DE VAISSEAU

AVEC 37 PLANCHES HORS TEXTE ET 8 FIGURES DANS LE TEXTE

## PARIS

BERGER-LEVRAULT ET Cie

Éditeurs de la Revue maritime et coloniale et de l'Annuaire de la Marine

5, RUE DES BEAUX-ARTS, 5

MÊME MAISON A NANCY

1880

(Extrait de la *Revue maritime et coloniale.*)

# NOTES

SUR LES

# DÉPRESSIONS BAROMÉTRIQUES

## EN EUROPE

### (Juillet 1877 à janvier 1880.)

————

Le 1<sup>er</sup> novembre 1878, je fus conduit à étudier la météorologie de l'Europe occidentale pour une certaine période de ce mois.

Le résultat de cette étude fut un travail que j'adressai à la commission des travaux des officiers.

Je m'étais servi, pour me rendre compte des détails météorologiques de novembre 1878, de la discussion des courbes du baromètre et du thermomètre et de celle des variations du vent à Cherbourg, en même temps que du rapprochement de ces données locales avec le passage des dépressions barométriques sur l'Europe pendant la période en question.

J'en étais arrivé à admettre que nos tempêtes obéissaient au même principe que les cyclones des tropiques, c'est-à-dire au tourbillonnement des masses d'air autour d'une aire de pression minima.

Cette idée, qui n'était pas nouvelle, était si discutée et elle est encore si peu admise qu'il me sembla utile de continuer l'étude de cette question afin de me former une opinion personnelle.

Mon premier travail reposait sur une base trop étroite pour me permettre d'avoir une confiance absolue dans ses résultats; j'entrepris alors de le compléter.

Encouragé par le bienveillant accueil de la commission et soutenu par le légitime désir de confirmer mes premiers résultats, je n'ai pas hésité à agrandir considérablement le champ de mes observations.

C'est ainsi que j'ai entrepris l'étude des cartes de l'Observatoire pour la période de temps comprise entre le 1ᵉʳ juillet 1877 et janvier 1880.

J'ai pu, de cette manière, dresser mois par mois les cartes des trajectoires de nos dépressions de ces deux dernières années en notant toutes les particularités que j'y ai remarquées.

C'est alors, de cet amas un peu confus de documents, que je m'efforçai de faire ressortir quelques faits utiles.

J'ai classé ces faits dans l'ordre qui m'a semblé le plus favorable à la réalisation du programme que je m'étais imposé et en fournissant la preuve des faits par des exemples choisis.

Chaque idée émise étant ainsi appuyée d'un exemple, ce travail, en ce qui concerne nos dépressions d'Europe, n'est plus qu'une suite de faits naturels groupés en ordre et par conséquent les théories purement spéculatives n'y occupent qu'une place restreinte.

## I.

### LES ORIGINES DES VARIATIONS ATMOSPHÉRIQUES EN EUROPE.

*L'atmosphère européenne est sans cesse en mouvement.* — L'atmosphère d'Europe est sans cesse en mouvement; un seul mot suffit pour la caractériser: *l'instabilité.*

En suivant journellement ses transformations sur les cartes de l'Observatoire de Paris, on voit que de jour en jour, d'heure en heure même, l'océan aérien qui nous enveloppe s'offre à nos yeux, sur ces cartes, sous des aspects toujours nouveaux; on remarque bien vite combien les lignes d'égale variation ou d'égale pression barométrique s'infléchissent rapidement; leurs positions relatives sont à la fois des plus compliquées et des plus simples.

Mais le baromètre n'est point le seul instrument qu'il importe d'étudier; les autres données météorologiques: pluies, vents, température, sont aussi variables et aussi inconstantes en apparence que la pression de l'air.

Est-il juste de croire que ces oscillations irrégulières de nos instruments n'ont aucune corrélation entre elles ? Je ne le pense pas, et de plus il me semble qu'à tous ces mouvements doit correspondre une cause immédiate qu'il faut rechercher dans les manifestations d'une des branches de la grande circulation atmosphérique à la surface du globe.

*But du travail.* — L'idée constante qui guidera donc dans l'étude qui suit sera celle de rechercher, autant que possible, dans quelles circonstances et sous quelles formes se reproduisent les mouvements atmosphériques sous nos latitudes et spécialement sur l'Europe occidentale ; de plus, nous nous efforcerons de rechercher tout d'abord, puis de faire ressortir par des exemples choisis, les relations qui existent entre les données météorologiques : pression, température, vents, etc.

En agissant ainsi, notre but est, avant tout, d'indiquer au plus grand nombre le procédé d'étude théorique qui permet le mieux de compléter l'expérience pratique déjà acquise sur la prévision nautique du *temps*.

*Idées générales sur les causes des mouvements atmosphériques à la surface du globe.* — Les vents ou les météores qui les produisent dérivent toujours de l'action du soleil sur notre globe.

Notre planète, personne ne l'ignore, est entourée d'une enveloppe gazeuse, perméable au plus haut point aux rayons solaires ; c'est-à-dire que cette enveloppe se laisse traverser par la lumière et la chaleur solaires sans s'échauffer elle-même sensiblement. Il n'en est point de même lorsque l'air se trouve en contact direct avec la surface terrestre échauffée par ces mêmes rayons qu'il laisse passer si aisément. Cet air en contact s'échauffe alors lui-même ; il se dilate et s'élève par suite en emportant une certaine quantité de vapeur aqueuse ; cette vapeur d'eau, plus légère que l'air dans les mêmes conditions, rend cet air qui la contient plus léger et facilite ainsi son ascension vers les hautes régions de l'atmosphère. Ce n'est point tout, la masse aérienne en s'élevant perd peu à peu de son calorique par radiation et par contact ; de telle sorte que, sans le secours de la vapeur d'eau, elle se trouverait bientôt arrêtée dans sa course ascendante. Par le refroidissement, la vapeur d'eau incolore et invisible contenue dans l'air, passe en partie à l'état vésiculaire connu sous le nom de brouillard. Ce brouillard à une certaine hauteur nous représente un nuage. Or, la vapeur d'eau, en se transformant en brume, c'est-à-dire en se rapprochant de son état liquide primitif, abandonne une partie du calorique qu'elle renfermait, ou, pour mieux dire, elle cède une partie de son mouvement à cet air qui la renferme; celui-ci puise dans cette augmentation de chaleur une force nouvelle d'ascension ; il s'élève ainsi jusqu'à un nouveau point de brume et ainsi de suite. De cette manière, l'air échauffé au contact du globe peut gagner des régions qu'il n'aurait jamais atteintes sans le secours de la vapeur d'eau. Là où les rayons tombent perpendiculairement sur la terre, c'est-à-dire entre les tropiques, l'élévation de la température de la surface est plus grande, en général, que partout ailleurs. Les masses d'air chaud de ces régions montent pour se déverser ensuite au Nord et au Sud, vers les pôles, en même temps que l'air froid et dense des contrées polaires se précipite pour prendre la place de l'air chaud et léger de l'équateur; cet air froid tend donc à rétablir constamment un équilibre sans cesse détruit ; et de cette inégalité constante de la température des régions polaires et de certaines contrées équatoriales, il résulte un mouvement continuel des masses aériennes. Notre atmosphère est ainsi dans un état d'équilibre dynamique stable. La rotation diurne de l'Ouest vers l'Est infléchit les courants d'air dans deux sens opposés, suivant qu'ils proviennent du pôle ou de l'équateur. En effet, les points d'un méridien sont animés de vitesses inégales et décroissantes de cet équateur vers les pôles ; cette vitesse est proportionnelle au rayon du parallèle qui passe par le point considéré. Une molécule aérienne qui s'éloigne de la zone torride vers le pôle le plus voisin est animée, à l'origine, de la vitesse rectiligne des points de son parallèle initial. En s'éloignant, elle *avance* en raison de sa vitesse rectiligne plus grande que celle des parallèles qu'elle rencontre. Sa direction sera par conséquent du S.-O. au N.-E dans l'hémisphère boréal et du N.-O. au S.-E pour l'hémisphère austral. L'effet inverse se produira si la molécule se dirige d'un pôle vers l'équateur; elle *retardera* et sa direction sera du N.-E. au S.-O. ou bien du S.-E. au N.-O. selon l'hémisphère. Si la terre, placée sous les conditions astronomiques actuelles, était un globe homogène, une sphère aqueuse par exemple, les deux causes énoncées : la rotation diurne et l'inégale répartition de la température, agiraient seules sur l'atmosphère pour lui imposer certains mouvements circulatoires analogues à ceux qui se produisent dans la masse d'eau d'une chaudière. Dans ce cas, les déplacements du soleil sur l'écliptique, ou mieux les saisons, transporteraient alternativement du Nord au Sud et du Sud au Nord de chaque côté de l'équateur, la grande nappe ascendante d'air chaud à laquelle les rayons perpendiculaires du soleil donneraient naissance. En outre, on peut admettre que, dans ces mouvements d'ensemble de la circulation aérienne, les détails du grand circuit atmosphérique terrestre seraient toujours les mêmes. S'il en était ainsi, l'étude des mouvements généraux de notre atmosphère serait bien plus simple qu'elle ne l'est actuellement ; il est même très-probable que, depuis longtemps, nous serions entièrement éclairés sur toutes les phases de cette circulation dont les périodes seraient très-régulières. Mais, tel n'est point le cas de notre globe ; il n'est point aussi homogène que nous l'avons supposé et l'on sait que sa surface est très-inégalement et fort irrégulièrement partagée entre les continents, les îles, les océans. Il arrive alors que le minimum thermal ne coïncide plus avec l'équateur ; une foule de causes contribuent à l'en écarter et même à le scinder en plusieurs centres. Parmi ces causes, nous citerons : le pouvoir absorbant et émissif plus grand des continents que celui des mers, l'exposition géographique de certaines contrées, la configuration des côtes, les reliefs du terrain et la nature même du sol. La circulation si simple que nous avons seulement entrevue tout à l'heure est maintenant bien compliquée par cette disposition complexe de la surface terrestre. Les effets de l'exposition astronomique du globe et de sa rotation subsistent toujours intégralement ; mais ils sont profondément modifiés et effacés par les circonstances locales que nous avons énumérées. On conçoit qu'il est alors difficile d'envisager sûrement le problème de cette circulation d'ensemble. Actuellement, malgré des travaux récents d'une grande importance, on peut dire que beaucoup de régions et d'océans de notre globe sont totalement inexplorés au point de vue atmosphérique. On a bien des données suffisamment exactes sur quelques-uns de nos grands bassins océaniques, mais on est encore bien éloigné d'être fixé sur ceux qui nous échappent ; bien plus, il reste encore à relier entre eux les courants atmosphériques de chacune de ces circulations distinctes. Notre intention n'est pas d'énoncer toutes les théories qui ont été faites sur cette grande question ; nous nous en tiendrons seulement à donner le tableau d'ensemble de la circulation aérienne sur l'Océan Atlantique septentrional, tel qu'il ressort des travaux récents de M. Brault, lieutenant de vaisseau. Rappelons d'abord les règles principales et les faits qui servent à expliquer les mouvements de l'air : 1° les continents s'échauffent et se refroidissent plus rapidement que les mers ; ou, pour dire mieux, la capacité calorifique de l'eau est plus considérable que celle de la terre ; 2° toutes choses égales, un point de la surface terrestre s'échauffe d'autant plus rapidement que les rayons solaires sont plus rapprochés de la normale à cette surface et en ce point ; 3° toutes les fois qu'il existe sur une portion du globe un foyer de chaleur, il y a convergence des masses d'air environnantes et inférieures vers ce foyer d'appel ; inversement, l'air échauffé au contact de cette partie surchauffée, s'élève et se déverse dans tous les sens une fois arrivé à une certaine hauteur ; 4° les centres du froid tendent constamment à produire l'effet inverse des foyers d'air chaud, c'est-à-dire qu'il s'y produit des courants descendants de l'air plus chaud des premières régions en même temps qu'il y a divergence à la surface ; 5° d'après les notions que l'on possède sur le baromètre, on remarque qu'aux premiers centres doit correspondre un minimum barométrique, et qu'au contraire, un maximum barométrique coïncide avec les seconds ; 6° la réciproque de cette dernière règle ne doit pas toujours être admise en principe ; car les centres du froid ne sont point les seules régions où existent des courants descendants ; ces derniers se forment en effet bien souvent avant d'atteindre ces régions à température minima ; et, dans ce cas, il existe un maximum barométrique au point de descente de l'air. Voilà pour la théorie, voyons maintenant les faits :

Pendant notre été, il existe, comme dans l'hémisphère boréal, cinq grands centres connus de température maxima : le Sahara, la partie médiane de l'Atlantique sous le tropique, le golfe du Mexique et le Sud de l'Amérique du Nord, l'Arabie et la mer Rouge, les déserts du plateau central de l'Asie. Au milieu de cette saison, vers la mi-août, les centres barométriques constatés sont les suivants : 1° dans l'hémisphère boréal, les centres de dépression barométrique constants se trouvent au Sahara, aux calmes équatoriaux, sur le Sud de l'Amérique du Nord, sur les plateaux asiatiques et sur une certaine portion peu définie du Pacifique boréal, probablement comprise entre 3° et 10° Nord ; 2° au même moment, les régions où la pression est la plus élevée sont : les Açores et la partie du Pacifique comprise entre le Japon et l'Amérique, l'Australie, et des régions maritimes méridionales imparfaitement délimitées et situées en moyenne sur le 30e parallèle. En hiver, en janvier, la situation s'est totalement modifiée ; des centres nouveaux se sont créés, d'autres ont disparu, d'autres enfin sont renversés. A cette époque, la Sibérie, le plateau central de l'Asie, l'Amérique septentrionale et les nombreuses terres de glace qui l'avoisinent, sont des centres de froid et de pression maxima ; tandis que l'Amérique méridionale, l'Afrique australe, la Nouvelle-Hollande, les calmes équatoriaux des océans se sont transformés en autant de foyers d'appel et en centres de basses pressions. Dans l'intervalle des deux époques, le baromètre s'est relevé sur le Sahara et sur le golfe du Mexique jusqu'à une moyenne normale pendant que la région des hautes pressions des Açores ou celles des autres océans descendaient vers le Sud de 5 à 6 degrés environ [1]. D'après tout ce qui précède, on peut commencer à entrevoir une partie de la circulation atmosphérique du globe et l'on peut déjà se faire une idée approchée de la circulation particulière de chaque grand bassin océanique connu. Prenons celui de tous pour lequel il existe le plus grand nombre de documents : l'Atlantique boréal.

*La circulation atmosphérique sur l'Atlantique septentrional.* — L'ensemble de la circulation à la surface de l'Océan Atlantique septentrional paraît être, d'après M. Brault, un immense tourbillonnement des masses aériennes dans le sens des aiguilles d'une montre, autour de son vaste bassin. Au centre de ce gigantesque tourbillon, une zone de calmes et de folles brises va et vient du S.-E. au N.-O., et *vice versá*, avec l'oscillation solaire. Le maximum barométrique de tout le bassin maritime coïncide précisément avec cette zone de calmes ; le mercure s'y maintient entre 765 et 767 millimètres. En été, époque à laquelle le mouvement est le mieux accusé, la zone centrale, qui paraît être celle des courants d'air descendants, occupe une position moyenne comprise entre 40° et 36° lat. nord et 37° et 34° long. ouest ; les Açores marquent par conséquent leur centre d'été. A mesure que le soleil descend au Sud, cette région s'abaisse elle-même vers le S.-E. et tout le mouvement atmosphérique dont elle est le centre la suit. Les limites extrêmes du centre sont 40° et 30° lat. nord, 23° et 37° long. ouest. En été, la carte des vents probables sur l'Atlantique nous montre des vents très-sensiblement divergents du centre de calmes dont nous avons parlé ; leurs directions multiples tracées sur la carte donnent bien l'idée du tourbillonnement qui paraît être le caractère spécial de la circulation de cet Océan. Au Sud des calmes, règnent les alizés de N.-E., modifiés en intensité et en direction par les centres d'appel les plus voisins :

---

[1] Il est bien entendu que tous les résultats qui précèdent ne sont que des moyennes. Je n'ai pu énoncer les faits ci-dessus qu'en compulsant, étudiant les travaux de M. Brault, les ouvrages de MM. Lartigue, Ploix, Maury et les cartes spéciales météorologiques...

Sahara, golfe du Mexique…; ces brises constantes sont infléchies au Nord et au N.-N.-O., le long de la côte d'Afrique, sous l'action du grand désert africain ; à l'Est des Antilles, elles deviennent E.-N.-E. et Est, à cause du golfe du Mexique dont la température est surélevée à cette époque de l'année. Les alizés se modifient en hiver par suite de l'apparition des centres nouveaux d'appel dans l'Amérique du Sud, dans la partie méridionale de l'Afrique et dans le golfe de Guinée; il se produit alors des dérivations particulières de ces vents vers les centres en question, en même temps qu'une augmentation d'intensité sur presque toute la surface qu'ils occupent. A l'Ouest des Açores, entre cet archipel et les Bermudes, les vents, moins constants que les alizés, soufflent le plus souvent du S.-E. au S.-O.

*Le courant équatorial d'air chaud sur l'Atlantique au Nord des Açores.* — Au Nord des Açores, à la suite des vents de S.-E. et de S.-O., l'Océan est comme le lit d'un immense fleuve aérien dont la direction moyenne est O.-E. et souvent du S.-O. vers le N.-E. Dans cette partie de l'Océan, comprise entre 35° et 50° de latitude environ, les vents les plus fréquents sont donc ceux qui viennent de l'Ouest, du S.-O. ou du N.-O. Nous ne voulons point dire par là qu'on ne rencontre jamais d'autres brises dans cette région; il arrive au contraire qu'on y éprouve fréquemment des vents de N.-E. ou d'Est. Mais, dans ce cas, ils sont le résultat de tourbillons qui prennent naissance au sein du grand fleuve. Ce sont précisément ces tourbillons que nous étudierons plus loin et qui, par leur passage incessant sur notre Europe, nous révèlent et même nous permettent de suivre le cours du fleuve atmosphérique qui les entraîne. Ce grand fleuve d'air chaud et humide dont les premières sources sont au Sahara, au golfe du Mexique et à l'équateur, paraît se former en grande partie des courants descendants qui créent le maximum barométrique constant des Açores. Ses limites et son énergie varient de saison en saison, d'année en année même [1]; elles oscillent avec le soleil et ses bords paraissent avoir une tendance à descendre

---

[1] A propos des variations du courant équatorial sur l'Europe, il paraîtrait que son intensité et sa direction sont en corrélation avec la plus ou moins grande quantité d'acide carbonique contenue dans l'air, de telle sorte qu'il serait possible de se faire une idée sur la marche de ce courant assez longtemps à l'avance par l'étude des variations de cet acide carbonique.

Ainsi, d'après M. Marié-Davy, il paraît que la période de temps comprise entre novembre 1878 et octobre 1879 aurait été caractérisée par une plus grande abondance d'acide carbonique dans l'air ; et l'on sait combien cette période a été pluvieuse et mauvaise à tout de titres !

au Sud en hiver. L'ampleur et la vitesse du courant, à en juger par le nombre et l'énergie de ses tourbillons, sont plus considérables en hiver qu'en été. Le grand fleuve aérien donne naissance, sur son bord méridional, à des contre-courants dont la direction est contraire à la sienne; de plus, il se dédouble à un certain endroit de l'Océan. Sur le méridien des Açores, par exemple, il se divise en deux branches : l'une, la principale, se dirige au N.-E. et à l'Est vers les contrées de l'Europe occidentale : îles Britanniques, France et contrées scandinaves ; l'autre branche incline au S.-E. et à l'E.-S.-E., vers les côtes du Portugal, elle redescend ensuite vers le Sud le long de ces côtes, puis de là va rejoindre les alizés qu'elle contribue à alimenter. Quant à l'autre bras du fleuve, que nous avons suivi jusque sur le Nord de l'Europe, nous le voyons, par l'étude des marches des dépressions qu'il entraîne, s'infléchir graduellement vers l'Est, l'E.-S.-E. et enfin le S.-E. sur le Nord de la Russie. En général, un tourbillon, après avoir traversé la Norvège, la Suède et la Baltique, s'éloigne directement au Nord ou, plus fréquemment, il traverse la Russie diagonalement de la Néva à la Caspienne. Il paraît probable que le fleuve, humide et chaud à son origine et sur l'Océan, perd peu à peu ses propriétés caractéristiques pour prendre celles d'un courant polaire, sec et froid. Sa force vive ainsi épuisée par cette déperdition de chaleur, il incline des plaines de la Russie et de la Sibérie vers les régions chaudes de l'Asie centrale ou vers les déserts d'Arabie. En été, nous avons dit qu'un centre de haute température et de pression minima existait sur l'Arabie et les plateaux asiatiques; on conçoit, par conséquent, qu'à cette époque il y ait déviation du courant vers ces contrées. En hiver, le circuit paraît modifié par une autre distribution des foyers d'appel; l'atmosphère de notre hémisphère et surtout celle des contrées polaires se contracte par le froid ; il en résulte un accroissement d'énergie du courant en même temps qu'un changement de direction. Dès lors, au lieu d'aborder franchement la Norvège, il redresse sa marche vers le Nord, puis va se perdre dans les hautes régions polaires du Spitzberg et de la Nouvelle-Zemble [1].

*Variations barométriques et thermométriques de l'atmosphère dans le courant équatorial.* — La température des masses d'air est loin d'être

---

[1] Naturellement il ne s'agit ici que d'une moyenne générale ; car il est des années, comme 1879, où, pour une cause inconnue, le courant équatorial s'abaisse au Sud de façon à prendre toute l'Europe en écharpe.

uniforme au sein du fleuve équatorial, des points assez rapprochés sont fort souvent à des températures très-différentes. Beaucoup de causes donnent lieu à cette inégale distribution de chaleur dans cette zone de l'Océan. Parmi les principales nous citerons : les courants marins d'eau chaude ou d'eau froide, le Gulf-stream, le courant froid des mers de Terre-Neuve, par exemple, les glaces errantes du printemps ; enfin les coulées de l'air plus froid des régions polaires qui, sur la limite septentrionale du fleuve, l'entament constamment et viennent se mélanger avec lui. C'est par suite du mélange irrégulier de ces divers courants aériens, de même que c'est par l'inégale température des mers, qu'il arrive que la densité de l'air et la force élastique de la vapeur d'eau sont très-inégales aux divers points de l'Océan. Les deux principaux facteurs de la pression barométrique, la densité et la tension de la vapeur d'eau, étant aussi instables et inconstants, il s'ensuit que cette pression est elle-même très-changeante et très-irrégulièrement répartie sur la zone moyenne de l'Atlantique, comprise entre 40° et 50° à 55° latitude nord.

*Premier résultat de cette inégalité de pression barométrique.* — Le premier résultat de l'inégalité de la pression barométrique dans le courant équatorial est d'y créer des courants d'air secondaires qui sont entraînés par le mouvement d'ensemble de la masse d'air dans laquelle ils se forment. L'air, éminemment fluide, s'écoule en effet des points où la pression est la plus forte vers ceux où elle est la moindre. La vitesse d'écoulement de l'air est alors proportionnelle au rapport de la différence de pression et de la distance qui sépare les points entre lesquels le mouvement a lieu. En un mot, c'est la *pente barométrique*[1] qui détermine en grande partie la force du vent. On voit, d'après ce qui précède, que les vents secondaires formés dans le courant équatorial divergeront des points où la pression est *maxima* pour converger vers ceux où elle est *minima* au même instant.

*Formation des tourbillons par l'appel d'air convergent vers un centre de dépression barométrique.* — Si nous nommons : *aire de dépression barométrique*, les surfaces où la pression est uniforme, mais plus basse que celle des régions circonvoisines à un moment donné, nous pourrons dire que toute *dépression barométrique* donne lieu à un mouvement tourbillonnant de l'air et dont l'axe passe précisément par le centre de

---

[1] *Gradient* en météorologie. L'unité de longueur adoptée est le degré ou 60 milles marins.

l'aire considérée. Soit, par exemple, une surface A dans laquelle existe une pression de 740 millimètres, tandis que dans toutes les directions elle croît uniformément de 740 à 770 millimètres. Ce vide relatif venant de se produire inopinément par suite de condensations brusques ou pour toute autre cause, voyons comment les molécules c et b du méridien de A se dirigeront vers ce point. Naturellement, comme la pression tend aussitôt à s'égaliser, il est bien évident que b et c se précipiteront vers A, l'une vers le Nord, l'autre vers le Sud ; mais dès le début de leur mouvement, la rotation diurne agit sur elles de la manière que nous avons indiquée plus haut pour les faire dévier vers l'Est ou vers l'Ouest et les forcer à décrire sensiblement des spirales autour de A et ayant une forme telle que cc', bb'. Si maintenant nous considérons deux autres molécules, d et e, sur le parallèle de A, nous voyons bien que la rotation terrestre ne les affecterait point si elles étaient uniques, mais que, entraînées sur leur droite par le mouvement des molécules situées en dehors du parallèle, elles décriront encore des courbes ee' et dd' autour de A et de façon à s'en rapprocher constamment. Je crois inutile

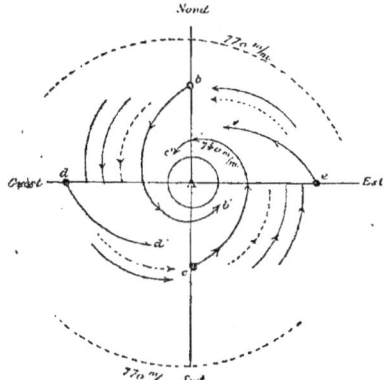

d'insister davantage sur cette question pour faire comprendre que la présence de la dépression A engendrera un mouvement particulier de l'atmosphère environnante ; ce mouvement a reçu le nom de *tourbillon* ou seulement celui de *dépression* ou *cyclone*. Il serait bien difficile de prévoir mathématiquement tous les détails intérieurs d'un semblable phénomène atmosphérique ; car la mécanique et la physique sont impuissantes à donner les lois des réactions et des forces qui commandent à chaque instant les molécules aériennes dans un tourbillon ; une observation patiente et éclairée pourra *peut-être* jeter un peu de lumière sur l'ensemble du phénomène ; mais il sera peu aisé de pousser au delà. Quoi qu'il en soit, on peut croire que le tourbillon présente quelque analogie avec ces remous d'air que nous voyons se former au coin d'une rue, par exemple, et qui soulèvent la poussière du sol en longues spirales ; ces derniers sont infiniment petits relativement à ces gigantesques mouvements tournants qui embrassent souvent une grande partie de l'Europe ; mais il n'en est pas moins rationnel de penser que la nature agit de même pour des phénomènes similaires. En tout cas, l'observation des tourbillons sur les cartes météorologiques indique que, pendant la période de la formation, la pression tend à s'uniformiser sur le pourtour de la dépression, probablement sous l'action de la force centrifuge développée dans le mouvement de rotation. Au contraire, dès que, pour une cause retardatrice quelconque : frottement à la surface, réactions d'autres tourbillons voisins....., la dépression commencera à se désorganiser et à entrer en décroissance, on verra les lignes d'égale pression barométrique s'écarter les unes des autres en même temps que le mercure s'élèvera dans l'aire centrale. Enfin, dernière remarque, un tourbillon formé dans notre hémisphère boréal tourne toujours dans le sens inverse aux aiguilles d'une montre et l'on conçoit bien qu'il doit en être forcément ainsi, d'après le mode d'action de la rotation diurne sur les molécules aériennes.

*La zone de l'Océan Atlantique occupée par le fleuve équatorial est constamment traversée par ces tourbillons.* —Nous avons dit que l'une des principales causes auxquelles il fallait attribuer la *dépression* provenait de la brusque variation de la température au sein du courant équatorial ; il arrive donc naturellement que ces mouvements secondaires sont entraînés vers l'Est par le fleuve dont ils ne cessent pas de faire partie, et c'est même leur direction constante vers l'Orient qui est pour nous la meilleure preuve de l'existence du grand courant aérien chaud. Ce grand courant équatorial est donc semblable en cela à nos fleuves et à nos rivières ordinaires dont la course entraîne les remous qui se forment dans leurs eaux. Est-ce que pour le roseau qui végète dans l'une de ces rivières l'eau paraîtra toujours se mouvoir dans le même sens ? Évidemment non, car souvent un tourbillon passant sur lui ou dans son voisinage lui fera ressentir l'effort d'un filet liquide opposé ou oblique au cours normal de la rivière.

*Utilité de l'étude des tourbillons.* — Eh bien, nous, dont la situation a tant d'analogie avec celle du roseau au point de vue météorologique, ne devons-nous pas nous efforcer de démêler, par tous ces vents contraires et capricieux qui nous assaillent, quel est le véritable cours du grand fleuve qui leur a donné naissance et qui nous les amène? C'est par l'étude des tourbillons aériens ou plutôt par celle des cartes synoptiques de chaque jour qu'il nous sera possible de nous former une idée à ce sujet. Par ce travail, le marin complétera scientifiquement les notions pratiques déjà acquises sur la prévision du temps; il aura de plus l'avantage de l'habituer à revenir de l'effet à sa cause immédiate. Il verra que les axiomes populaires sont souvent incomplets quand ils ne sont point appuyés sur des observations rationnelles. Nous allons dès maintenant esquisser rapidement le tableau des effets de ces tourbillons dont nous venons de faire comprendre l'arrivée et le passage sur notre Europe. Nous nous efforcerons de montrer, par des exemples choisis, comment les vents, leurs variations, les fluctuations du baromètre et du thermomètre, les pluies..., sont entièrement liés au passage de ces tourbillons. En outre, de ce qui se passe en Europe, il sera peut-être permis d'avoir une opinion aussi exacte que possible sur les phénomènes atmosphériques de l'Océan *sous le vent* duquel nous sommes placés.

## II.

### LES SYSTÈMES BAROMÉTRIQUES EN EUROPE. — LEURS TRANSFORMATIONS LEUR INFLUENCE AU POINT DE VUE MÉTÉOROLOGIQUE.

*Les cartes synoptiques de l'Observatoire de Paris, moyen d'étude.* — Le procédé d'étude de beaucoup le préférable, à mon avis, est la considération attentive et régulière des cartes synoptiques de l'Observatoire. En rapportant des observations locales à l'ensemble de toutes celles qu'on recueille chaque matin en Europe, il parait incontestable qu'on acquiert plus rapidement une connaissance approfondie des lois qui régissent notre atmosphère. Quelques mots donc sur ces cartes et sur leur établissement. Nous copions textuellement ce que dit le Bulletin météorologique du 4 mai 1878 à ce sujet. « Tous les jours une dépêche est expédiée des diverses stations de l'Europe à l'Observatoire, lui faisant connaître, pour chaque station, la pression barométrique, la température, la direction et la force du vent, l'état du ciel et de la mer à 7 ou 8 heures du matin, suivant les saisons. A leur arrivée à l'Observatoire, ces dépêches sont soumises aux transformations nécessaires pour réduire à 0° centigrade et au niveau de la mer les pressions barométriques et pour convertir les mesures étrangères en mesures françaises. Les observations, ainsi calculées, — et devenues comparables, — sont autographiées à la première page du Bulletin. Ces mêmes observations sont aussi portées sur deux cartes d'Europe d'un format correspondant à celui du Bulletin.

« Une première carte contient les lignes d'égale pression barométrique, tracées de 5 en 5 millimètres, les lignes d'égale variation barométrique également de 5 en 5 millimètres, l'état du ciel, l'état de la mer, la direction et la force du vent ; une seconde carte renferme les températures avec leurs variations et les quantités de pluie recueillies depuis la veille. Ces deux cartes sont décalquées sur papier autographique pour être insérées à la deuxième et à la troisième page du Bulletin. Ces cartes météorologiques servent de base au travail de discussion de la situation correspondante de l'atmosphère et on en déduit les probabilités du lendemain pour toutes les côtes d'Europe pour lesquelles des renseignements sont adressés de l'Observatoire. Les stations avec lesquelles l'Observatoire est actuellement (1880) en correspondance sont au nombre d'une centaine. Les dernières dépêches d'Europe sont reçues à 11 heures et demie ; à midi moins quelques minutes, la carte est terminée. L'expédition de la carte est achevée à 1 heure. »

*État du ciel :*

o Beau.
⊙ Nuageux.
◯ Couvert.
◑ Pluie.
⊖ Brumeux.
⊕ Brouillard.
✳ Neige.
≣ Houle.
≋ Grosse.

L'état du ciel et de la mer est indiqué d'après les notations ci-dessus.

*Classification des systèmes barométriques européens en deux grandes familles : les cyclones et les anticyclones.* — Il suffit de quelques jours d'étude pour reconnaître que, dans les cartes du temps, les lignes isobares[1] sont tantôt groupées autour d'une aire de pression minima, tantôt autour d'une aire de pression maxima. Ces deux genres de groupements, très-différents au point de vue des effets météorologiques, ont reçu : le premier, le nom de *cyclone* ou de *dépression*, le second, celui d'*anticyclone*. Les cartes 1, 2 représentent des anticyclones, les cartes

---

[1] Égale pression.

4, 5, 6, 7, 8 des dépressions; on peut dire que si l'un des systèmes est un plateau, l'autre est une vallée. Mais ce n'est point seulement à première vue qu'il est possible de se rendre compte de toute la différence qui existe entre eux. Il faut, pour cela, suivre de plus près leur apparition et leur passage en Europe. L'étude qui suit suffira pour nous convaincre de leur diversité.

*Anticyclone.* — En comparant les exemples que nous venons de citer, on s'assure aisément des remarques suivantes que nous avons faites sur le système barométrique qui nous occupe : 1° Dans un anticyclone, les isobares sont plus écartées que dans la dépression ; les vents y sont presque toujours faibles et ils ont une tendance marquée à diverger du centre de l'aire de pression maxima vers les isobares extrêmes ; 2° en été, leur présence coïncide avec le beau temps et une température plus élevée ; en hiver, au contraire, leur effet est inverse : la température est basse ; ils amènent de fortes gelées ou des brumes froides (cartes 1, 2, 3); 3° l'air est, en toute saison, plus sec dans un anticyclone que dans une dépression; 4° leur marche est très-lente et incertaine, elle semble subir les réactions des cyclones voisins; on peut même dire que leur formation paraît due à ces cyclones; dans ce cas, ce seraient, selon moi, les actions combinées de plusieurs tourbillons qui accumuleraient les masses d'air en un certain point pour y donner naissance à un anticyclone ; 5° l'air d'un anticyclone paraît toujours tourbillonner faiblement autour de l'aire des plus hautes pressions et dans le sens des aiguilles d'une montre (carte 1). Au reste, il doit en être ainsi si l'on prend la contre-partie de ce que nous avons déjà dit à propos de la formation des tourbillons. Disons en passant que c'est à la présence ininterrompue d'un système anticyclonique sur l'Europe centrale et occidentale que nous sommes redevables du rigoureux mois de décembre 1879. Au lieu d'être, comme les années moyennes, sous l'influence du courant équatorial, la France s'est trouvée, pendant cette période, assez éloignée de son bord méridional ; il est alors résulté de cette situation, que nous avons subi l'influence des anticyclones correspondant aux dépressions considérables qui ont sévi sur la Scandinavie et la Russie pendant le même mois. Or, nous verrons plus loin que les dépressions élèvent la température et l'on comprendra alors comment, en décembre 1879, le thermomètre marquait simultanément + 8° à Saint-Pétersbourg et — 24° à Charleville. Ajoutons qu'un semblable déplacement du fil équatorial pendant l'été nous eût donné des chaleurs excessives; c'est précisément ce qui n'a point eu lieu l'année dernière.

Au point de vue nautique, l'anticyclone a peu d'importance; les brises y sont trop molles et sa marche trop peu accusée pour que son étude offre beaucoup d'intérêt au navigateur. Nous nous en tiendrons donc là pour ce qui concerne ce premier système barométrique, en nous réservant de nous étendre plus longuement sur les cyclones, de beaucoup les plus intéressants.

*Les cyclones, dépressions, tourbillons, bourrasques, etc.* — Une seule carte, celle du 16 novembre 1878 (*fig.* 7), nous suffira pour bien caractériser cet état anormal de l'atmosphère que nous nommons : dépression, bourrasque, cyclone, tourbillon, ou tourmente... Ce jour-là, la carte météorologique de l'Europe nous offrira un remarquable exemple de groupement des isobares autour d'une aire centrale de dépression barométrique (*fig.* 7). Le 16 novembre 1878, à 8 heures du matin, la situation atmosphérique de l'Europe présentait un intérêt tout particulier, en raison de la remarquable distribution de la pression et des courants aériens autour d'une aire de pression minima. La figure 7 nous montre en effet un véritable cyclone tel qu'on le conçoit dans les régions intertropicales. Sur les Pays-Bas, une aire de pressions inférieures à 740 millimètres a la forme d'une ellipse dont le grand axe serait dirigé du S.-O. au N.-E. Dans toutes les directions, à partir de cette aire, la pression barométrique croît presque uniformément jusqu'aux extrêmes limites de la carte. En outre, les directions des vents, sur toute la région soumise au système des isobares régulières, indiquent un immense mouvement tournant de l'atmosphère autour d'un axe imaginaire passant par l'aire centrale et dans le sens inverse aux aiguilles de montre. Il suffit d'avoir une idée des ouragans tropicaux et de leurs mouvements intérieurs pour reconnaître à la tempête qui nous occupe le caractère de rotation qui est le propre de ces terribles météores. Ce que nous venons de reconnaître au 16 novembre, nous pourrions aussi bien le retrouver dans toutes nos tempêtes ; il suffit pour cela de considérer quelques cartes synoptiques de l'Observatoire (cartes 4, 5, 6, 7, 8, 10, 11, 12, 13, 14, 15, 16, 17, 18, 19, 20). Les effets de nos tourbillons européens sont, sans nul doute, bien moins violents que ceux des tropiques; mais à coup sûr, les principes qui régissent les deux sortes de météores sont identiques.

Il serait faux de dire que toutes nos dépressions barométriques sont aussi complètes et aussi nettement accusées que celle qui nous a servi d'exemple. Beaucoup de causes nous empêchent en effet de les voir aussi complètes et aussi régulières : l'espace si limité des observations, les réactions des tourbillons entre eux, les accidents du sol, etc.... ; mais on pourra toujours y constater les deux mouvements de rotation et de translation, indiscutés pour les cyclones proprement dits. Enfin, la giration a toujours lieu dans le sens indirect ; cette règle est absolue pour notre hémisphère. Dernière remarque générale, la vitesse de rotation et par suite la violence probable d'un tourbillon paraissent proportionnelles au resserrement des isobares et à leur degré de circularité. Quand, d'un jour au suivant, les isobares se resserrent, on admettra que la tempête est en croissance ; dans le cas contraire, elle sera en déclin.

*Propagation des dépressions.* — Les tourbillons se déplacent sur notre continent, cela ressort de l'étude de nos cartes ; mais comment se propagent-ils ? Est-ce par un simple mouvement oscillatoire, analogue à celui des houles de l'Océan ? ou bien encore, sont-ce toujours les mêmes molécules qui composent le même tourbillon ? Voilà des questions qu'il me paraît bien délicat de résoudre pour l'instant ; sans essayer de rien affirmer à cet égard, je crois que la véritable translation d'un tourbillon participe à la fois des deux façons précédentes ; il y aurait par conséquent, pour chaque molécule aérienne, un mouvement ondulatoire combiné avec un second mouvement de transport.

En tout cas, il ne me paraît guère possible de donner aux molécules d'un tourbillon un seul mouvement de translation égal à celui du météore dont elles font partie ; car s'il en était ainsi, les vents, étant données les vitesses énormes de ces météores, seraient incomparablement plus violents qu'ils ne le sont en réalité. Quoi qu'il en soit, d'un jour au suivant, on constate un déplacement du centre de la dépression. Les vitesses moyennes de nos tourbillons sont très-différentes, elles varient de 4 à 5 milles jusqu'à 70 milles à l'heure. Pour une même dépression, la vitesse est fort inconstante ; il n'est pas rare qu'une bourrasque stationnaire depuis plusieurs jours acquière subitement une vitesse considérable ou inversement. En novembre 1878, par exemple, un tourbillon, après avoir occupé le bassin méridional de la Baltique pendant six ou sept jours, disparut brusquement à l'extrême Nord avec une vitesse de 15 à 20 milles à l'heure. Malgré toutes ces irrégularités, on peut évaluer à 20 ou 25 milles la vitesse de nos dépressions moyennes sur l'Europe.

Voici quelques exemples de vitesses de tourbillons dans ces dernières années :

12 mars 1876 et 10 et 11 novembre 1875, 70 milles à l'heure.

12 février 1878, 50 milles, d'après M. Scott.

18 au 19 février 1879, 40 milles, d'après mes observations.

30 au 31 mars 1878, 25 milles,      —

29 au 30 mars 1878, 20 milles,      —

14 au 15 novembre 1878, 5 milles,      —

15 au 16 novembre 1878, 2 milles,      —

*Direction la plus commune aux dépressions sur l'Europe.* — La grande route des cyclones d'Europe paraît être, pour une année moyenne, une longue bande dirigée de l'O.-S.-O. à l'E.-N.-E. et limitée, à son bord méridional, par une ligne idéale passant par le Sud de l'Irlande, les îles danoises et Moscou ; quant à la limite septentrionale, elle est indéterminée. Il ne faut point en conclure que nos dépressions ne s'écartent jamais de cette grande route.

La zone précédente représente une moyenne, rien de plus ; et bien souvent nous verrons notre continent traversé de l'Italie à la Baltique comme du golfe de Gascogne à Pétersbourg. L'année dernière, par exemple, a été très-remarquable à ce titre ; le courant équatorial, totalement rejeté au Sud, nous donna des trajectoires anormales pour certaines dépressions d'été ; et l'on sait combien cette année a été anormale au seul point de vue météorologique. Les trajectoires extrêmes des dépressions en Europe sont comprises entre le S.-S.-E. et le N.-N.-E. ; mais plus fréquemment entre l'E.-S.-E. et le N.-E ; les rebroussements vers l'Ouest sont toujours momentanés; en ce cas, la dépression s'éteint rapidement ou repart brusquement à l'Est avec une violence inouïe. Ces changements de marche sont souvent causés par la réaction d'un tourbillon voisin *(fig.* 17 et 18) ou bien par la présence d'un puissant anticyclone. Il n'y a point d'exemple de tourbillon se formant en Russie et traversant franchement l'Europe de l'Est à l'Ouest pour aller se perdre sur l'Atlantique. Quand les bourrasques ne s'éteignent point sur l'Europe (comme dans les figures 4, 5, 6, 7, 8, 9), elles vont se perdre dans l'extrême Nord en profitant de la dépression de la Baltique et en traversant l'isthme de Bothnie ; très-souvent encore elles apparaissent au Nord de la Scandinavie, elles commandent un instant tout le continent, puis se dirigent au S.-E., vers la Caspienne. Les autres cas très-fréquents sont les suivants : 1° le centre aborde l'Irlande vers Valentia, traverse le canal de Saint-Georges, l'Angleterre, les Pays-Bas, l'Allemagne, remonte au Nord par la Baltique ; 2° le centre apparaît au Nord de l'Écosse, marche à l'Est en traversant la mer du Nord, le Danemark et la Gothie ; quelquefois il remonte vers le golfe de Bothnie et la bourrasque s'y éteint, quand elle ne l'a pas déjà fait avant d'arriver sur ces régions ; 3° un centre aborde notre Bretagne (*fig.* 19) ; prend l'Europe en diagonale, de Brest à la Finlande, puis s'éloigne définitivement du côté de la mer Blanche (*fig.* 10 et 21), quand la tempête ne s'est pas dissipée sur l'Europe centrale. Une semblable dépression donne presque toujours lieu à une dépression secondaire sur le bassin de la Garonne (*fig.* 10) ; cette dépression secondaire vient occuper le golfe du Lion, elle y stationne quelques jours et finit par s'éteindre sur la mer de Toscane ou sur le golfe de Gênes (*fig.* 10) ; 4° un tourbillon se forme sur la Méditerranée, et traverse l'Europe du S.-O. au N.-E. (*fig.* 11, 12, 13, 14, 15, 16). Mais ce cas se représente moins fréquemment que ceux dont nous avons déjà parlé ; il faut des années exceptionnelles pour le voir se renouveler souvent.

*Époques de l'année pendant lesquelles les tourbillons sont le plus ou sont le moins fréquents.* — En général, les dépressions barométriques les plus importantes se produisent en octobre et novembre, et pendant l'époque qui s'étend du 15 février au 15 avril. Pour 1879, cette règle est en défaut ; les dépressions sont en nombre égal en été ou en hiver. Au contraire, du 15 juin au 1er septembre, les dépressions sont le moins nombreuses ; elles sont également moins profondes et moins persistantes que celles de la saison d'hiver.

*Les incidents les plus communs de la marche des dépressions sur l'Europe.* — Les tourbillons qui nous arrivent de l'Atlantique ne sont jamais isolés ; la formation ou le rapide passage de l'un de ces météores engendre toujours d'autres remous atmosphériques dont l'importance est très-variable. Les uns, aussi considérables et quelquefois plus violents que la dépression primitive, suivent régulièrement le sillon qu'elle leur a tracé dans l'atmosphère ; d'autres encore s'en écartent au gré d'un caprice inexplicable et déjouent ainsi les prévisions les mieux fondées. Il semble qu'une bourrasque en attire une autre ; et c'est en effet ce qu'il est facile de reconnaître par l'étude de nos cartes météorologiques. Une dépression survient-elle après une période d'anticyclone, on peut en conclure, sans grande erreur, qu'une période de mauvais temps commence et qu'elle durera plusieurs jours, souvent plusieurs semaines. Car les tourbillons paraissent marcher en files irrégulières, de 4, 5 ou 8 même; de telle sorte que la tempête causée par le premier, étant à peine apaisée, il faudra recommencer la lutte avec le coup de vent du tourbillon qui suit immédiatement. Ces files de tourbillons commencent par une première dépression relativement assez faible et finissent de la même manière, la dépression la plus considérable étant vers le milieu de la file. La fin de décembre 1878 et le commencement de janvier 1879 ont été marqués par le passage ininterrompu d'une file de 6 tourbillons. Octobre 1877, mars 1876, nous fournissent des exemples analogues.

*Dépressions secondaires.* — Les dépressions qui apparaissent sur notre continent engendrent très-fréquemment des dépressions moins importantes dont la marche et l'existence sont subordonnées à celles du cyclone principal. Ces dépressions d'un ordre inférieur ont reçu le nom de *dépressions secondaires* (*fig.* 10, 11, 14), leur étude est intimement liée à celle des tourbillons de premier ordre sur lesquels elles exercent une influence considérable et souvent prépondérante. Sauf quelques cas particuliers, la différence entre la dépression principale et son satellite est toujours assez facile à établir d'après le groupement des isobares ; celles-ci sont plus régulières, plus nombreuses et plus resserrées autour du vide principal; souvent même la dépression secondaire n'est marquée que par les directions des vents aux environs d'une sinuosité accentuée d'une courbe (*fig.* 14). En outre, le vide barométrique est toujours moindre dans le tourbillon secondaire.

*Formation et incidents divers de la marche des dépressions secondaires.* — Les dépressions secondaires se produisent : 1° lorsque le cyclone principal, pour une raison quelconque, est obligé d'allonger une ou plusieurs isobares dans une certaine direction (*fig.* 11); et c'est toujours dans la boucle de ces isobares que prend naissance le tourbillon secondaire; 2° lorsqu'un cyclone très-étendu entre en décroissance ; en ce cas, les dépressions secondaires apparaissent dans la portion arrière et méridionale du cyclone (*fig.* 8 et 9) ; 3° lorsque la vitesse de rotation d'un tourbillon est trop faible pour la superficie qu'il embrasse ; 4° enfin, les dépressions secondaires se forment à la suite des réactions réciproques de deux tourbillons voisins ; l'effet ainsi produit est analogue à celui des remous secondaires qu'on remarque aux environs des tourbillons de nos fleuves ordinaires.

Les lois des mouvements de ces systèmes secondaires sont identiques à celles des systèmes qui les engendrent ; la vitesse de rotation se fait dans le sens inverse aux aiguilles de montre et la translation, bien qu'un peu plus capricieuse, est analogue à celle du météore le plus puissant. Les particularités, les incidents, les fluctuations des dépressions secondaires sont infinis ; leur nombre, leur relèvement par rapport à l'aire principale, changent constamment et leurs transformations sont des plus difficiles à prévoir quelques heures à l'avance. Tel jour, par exemple, un redoublement d'énergie dans le cyclone principal fera disparaître les systèmes secondaires qui l'environnaient ou tout au moins les amoindrira ; tel autre jour, au contraire, les dépressions secondaires, soit en se réunissant les unes aux autres, soit en prenant d'elles-mêmes une vigueur nouvelle dans l'affaiblissement de la bourrasque principale, engloberont le système qui les avait formées et deviendront par suite le cyclone principal (*fig.* 11, 12, 14, 15, 16).

Nous avons dit que l'étude de la formation et de la marche des dépressions secondaires était très-importante ; c'est d'elle, en effet, que dépend la connaissance absolue d'une situation atmosphérique à un instant donné. Ces dépressions secondaires, relativement à nos grands tourbillons, ne sont-elles point elles-mêmes des dépressions principales par rapport à d'autres systèmes inférieurs dont le plus grand nombre échappe à notre observation ? N'est-il point probable que, de superposition en superposition, nous pourrions considérer le remous aérien de nos grandes routes comme le dernier terme d'une progression dont le premier serait le tourbillon gigantesque embrassant toute notre Europe?

*Dépressions coexistantes.* — Il arrive fréquemment que, dans l'aire enveloppée par une isobare, il se forme deux centres de dépressions presque identiques par leur énergie, leur vide central et le nombre de leurs isobares. Ces dépressions, ainsi formées, sont dites coexistantes (*fig.* 5, 9, 14, 19). Un semblable système est très-éphémère ; car les deux centres se réunissent très-vite pour former une dépression généralement très-considérable (*fig.* 5, 6, 14, 15, 16) ; d'autres fois, l'une des dépressions devient principale et réduit la seconde au rang secondaire. Les dépressions coexistantes sont en général disposées suivant la trajectoire de l'ensemble du système.

*Effet de la translation d'un tourbillon sur la direction et sur l'intensité des vents.* — Prenons un tourbillon immobile, mais tournant autour d'un axe passant par le centre de figure de l'aire de pression minima ; il est clair que, dans de semblables conditions, les courants aériens seront à peu près tangents, en chaque point considéré, aux isobares qui composent le système barométrique. Dans le cas d'un tourbillon tel que O, par exemple, immobile et animé d'un mouvement

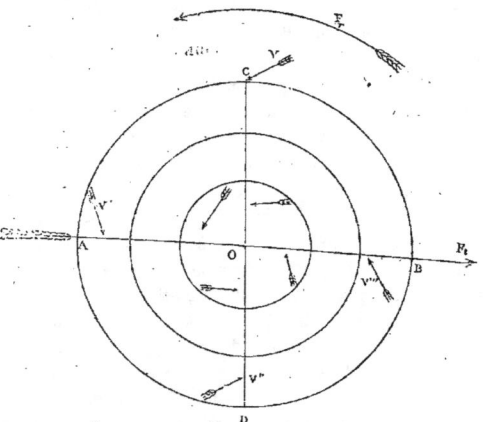

de rotation suivant la flèche $F_t$, nous pourrons admettre que les vents auront des directions $v$, $v'$, $v''$, $v'''$. En donnant maintenant une brusque vitesse de translation $F_t$ à tout cet ensemble atmosphérique, on reconnaît, *à priori*, que les directions et l'intensité des courants aériens vont être modifiées. Pour se faire alors une idée *approchée* de ces directions et de ces intensités nouvelles, il faudrait construire en chaque point le parallélogramme des vitesses primitives $v$, $v'$, $v''$, $v'''$ et de $F_t$. En supposant ces premières vitesses de rotation $v$, $v'$, exactement déterminées ainsi que $F_t$, il ne faudrait point se figurer qu'on obtiendrait la force et la direction véritables du vent, en un point quelconque, avec cette seule résultante ; car le météore est formé d'un élément très-mobile et très-fluide qui se meut dans un corps de même nature que lui, et ce serait une grosse erreur que d'assimiler la translation d'un cyclone à celle d'un corps solide, un boulet par exemple. Quoi qu'il en soit, si on construit ces parallélogrammes dans les divers quadrants du tourbillon, on sera conduit à faire les remarques suivantes : 1° dans le demi-cercle, situé à gauche de la trajectoire, les vents, par le seul fait de la translation, diminuent progressivement d'intensité de B en C; ils croissent de C en A. En C, ou en un point assez voisin, les vents ont l'intensité la moindre de tout le tourbillon ; 2° dans le demi-cercle ADB, les vents, pour le même motif que précédemment, augmentent en intensité ; leur force la plus grande se produit en D ou en un point environnant ; 3° dans tout le cercle O, les directions $v$, $v'$, $v''$, $v'''$ sont déviées vers le sens de la marche du tourbillon, c'est-à-dire que si en B nous avions primitivement un vent de S.-E, nous aurons maintenant un vent de Sud ou de S.-S.-O. plus violent que le premier. D'après ces remarques, on voit que, dans le cas d'un tourbillon bien formé et courant directement vers le N.-E., on aura des brises du S.-S.-E à l'O.-S.-O. dans le quadrant BD ; des vents de O.-S.-O. au N.-O. ou au N.-N.-O. dans le quadrant AD ; des brises de N.-N.-O, à l'Est dans AC et enfin de l'Est au S.-S.-E. dans CB. La marche la plus ordinaire de nos coups de vent trouve ici son explication naturelle par le passage des tourbillons sur des contrées plus septentrionales que les nôtres. Comme nous l'avons déjà dit, la zone la plus fréquentée par les centres de nos tourbillons européens étant sensiblement plus septentrionale que nos mers, la Manche et le golfe de Gascogne, il s'ensuit que nos côtes ressentent tout d'abord l'effet du quadrant BD de ces tourbillons pour finir par le quadrant DA ou AC. Nos coups de vent les plus fréquents commencent ainsi par du S.-E. ou du S.-S.-E. ; du Sud ou du S.-S.-O., selon le cas ; ils atteignent leur plus grande violence avec le S.-O. ou l'Ouest, puis mollissent avec l'O.-N.-O., le N.-O. et le Nord. Il doit en être forcément ainsi quand le centre de la bourrasque passe au Nord du lieu considéré en se transportant vers l'Est ou vers le N.-E. De ce que l'intensité du vent est augmentée dans un demi-cercle du tourbillon et de ce qu'elle est diminuée dans l'autre, on conçoit de suite qu'il se présentera des cas pour lesquels la circulation de l'air paraîtra supprimée dans le demi-cercle de gauche ; il suffira pour cela de rencontrer une vitesse de translation assez grande. En ce cas, la rotation des vents pourra même être renversée dans ce demi-cercle, et on y constatera des brises d'Ouest ou de N.-O. à la place des vents de l'Est. Or, à l'inverse des cyclones tropicaux, nos tourbillons sont animés de vitesses de rotation modérées et de très-grandes vitesses de translation; et cela seul suffit à nous faire comprendre la circulation irrégulière et incertaine que l'on remarque dans le demi-cercle de gauche du plus grand nombre de nos dépressions. Nous trouvons ici encore l'explication de ces chutes énormes du baromètre pour lesquelles on n'éprouve que des calmes ou des folles brises, coïncidant avec des pluies abondantes et continuelles. Une semblable situation atmosphérique peut se prolonger plusieurs jours ; en cette occasion, le navigateur doit toujours en conclure l'existence d'un coup de vent d'Ouest ou de Sud, dans le Sud ou dans le S.-O.

A l'appui de cette théorie, je citerai le fait suivant : En avril 1876, sur le brick le *Beaumanoir*, à cinquante lieues environ au large de Valentia, nous eûmes pendant trois jours le baromètre entre 738 et 745 millimètres sans ressentir autre chose que des brises folles et une grosse houle d'Ouest ou de S.-O. A notre arrivée en Islande, nous apprîmes, par des lettres particulières, qu'à cette même date nos côtes de Bretagne avaient subi un violent coup de vent de S.-O. et que par conséquent nous nous étions trouvés dans le demi-cercle maniable du cyclone.

Sous nos latitudes, ce phénomène est assez rare, mais dans l'extrême Nord de notre Europe, en Islande, en Norvège, en Russie, il est constant. On sait en effet que, dans ces contrées et sur les mers circonvoisines, le baromètre y devient d'une utilité très-contestable au seul point de vue de la prévision du temps. Une pression de 720 millimètres passe souvent inaperçue dans ces contrées quand, au contraire, elle mettrait bien des marins en émoi sur nos côtes. Cette incertitude du baromètre pour les latitudes extrêmes est causée par le passage des tourbillons dans le Sud ; ces tourbillons y font osciller la colonne mercurielle sans y joindre les coups de vent, conséquence obligée de notre situation plus méridionale. Il arrive assez fréquemment que, par suite d'un brusque rebroussement dans la marche d'un tourbillon, le demi-cercle maniable devient subitement le demi-cercle dangereux ; le danger est alors bien grand pour ceux qu'il va prendre au dépourvu ; car, sans préparation aucune, la tempête éclate dans toute sa fureur. A mon avis, c'est par ce rebroussement subit de nos dépressions que se comprennent et s'expliquent ces bourrasques subites de N.-O., de N.-E. ou d'Est qui s'abattent comme la foudre sur nos côtes.

*Les effets météorologiques locaux d'une dépression.* — La présence d'une dépression sur notre continent, ou sur les mers qui le bordent à l'occident, est rendue visible en chaque lieu soumis à son influence par les variations des divers instruments d'observation météorologique. Il est ainsi possible de reconnaître avec une certitude suffisante les particularités de la marche d'une bourrasque sans avoir recours aux cartes synoptiques. Ces cartes, affichées dans nos ports le soir ou le lendemain du jour pour lequel elles sont établies, ne sont en réalité que des documents d'étude et de vérification ; mais fort souvent elles arrivent trop tard pour annoncer au plus grand nombre une tempête voisine. C'est en somme l'observation raisonnée du thermomètre, du baromètre et du psychromètre qui permettra toujours à un marin de déduire, pour le vent et le ciel du moment, la position approchée du centre de la dépression la plus voisine. L'expérience pratique du temps, doublée de celle qu'on aura déjà acquise scientifiquement pendant les loisirs de la terre, conduira plus sûrement à une manœuvre intelligente qui devra toujours être basée sur la connaissance, même approchée, de la dépression qu'il faut *éviter* ou *utiliser*. Il est donc essentiel de se rendre compte des effets particuliers de chaque dépression sur les divers points de son parcours, afin de pouvoir ensuite revenir, par induction, de ces effets à leur cause immédiate.

*Influence du passage d'une dépression barométrique sur les changements de direction du vent en un lieu quelconque.* — Tous les vents de nos côtes, à part les brises locales régulières et constatées, dépendent plus ou moins d'un tourbillon atmosphérique ; cela ressort clairement de la considération de notre météorologie d'Europe. De plus, il est toujours possible de rattacher les variations de ces courants aériens à celles du relèvement du centre de dépression relativement au lieu que l'on considère. Soit une dépression C se déplaçant régulièrement vers l'Est en conservant une forme invariable. Considérons trois points A, A', A'' à droite, à gauche ou bien sur la trajectoire même, et voyons comment les vents vont tourner pour chacun des points désignés. Le tourbillon en C, les trois points éprouveront certaines brises indiquées par les flèches $f_1$, $f_1'$, $f_1''$. Le centre étant quelques heures après en C' et le système atmosphérique étant invariable par hypothèse, on voit évidemment que le vent aura pris les nouvelles directions indiquées par les flèches $f_{11}$, $f_{11}'$, $f_{11}''$ et que A aura sensiblement la même direction de vent, mais que pour A' le vent aura tourné du S.-O. à l'Ouest, tandis qu'il sera passé du N.-E. au N.-O. pour A''.

Ce fait, bien connu pour les cyclones tropicaux, s'énonce d'une manière générale en disant que : 1° pour tout point situé sur l'élément de trajectoire, pour le temps considéré, la brise ne varie pas sensiblement en direction ; 2° elle *vire* dans le sens direct (aiguilles de montre) pour les points situés dans le demi-cercle de droite ; 3° elle *rétrograde* au contraire pour les points du demi-cercle de gauche.

La rotation commune du vent sur nos côtes de la Manche et de l'Océan se trouve ainsi expliquée par le passage presque constant des dépressions sur les contrées septentrionales. Une giration inverse de la

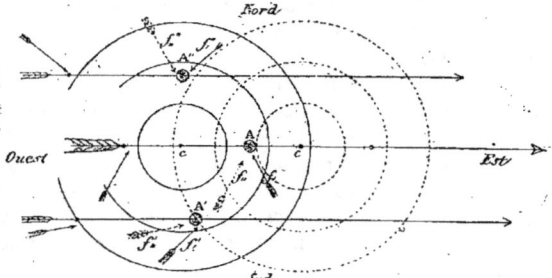

Influence de la marche d'une dépression sur la rotation des vents d'un lieu.

brise, du S.-O. au N.-E. par exemple, indiquera toujours un centre de tourbillon à droite de l'observateur (*fig.* 19, 20 et 10, vents allant de l'Est au N.-E., à Cherbourg, avec des centres de dépression sur le golfe de Gascogne).

Naturellement, dans le cours d'une tempête, la brise pourra varier plusieurs fois en direction, dans un sens ou dans l'autre, par suite de la forme irrégulière du tourbillon en même temps que par les transformations qui s'y font d'un moment à l'autre, mais ces caprices du vent sont toujours assez faciles à distinguer de la rotation régulière qui l'amène peu à peu d'un quadrant à l'autre.

La force de la brise, dans nos dépressions européennes, est-elle proportionnelle au rapprochement de l'aire centrale ? Dans certains cas nous répondrions par l'affirmative, dans d'autres, par la négative. Pour bien répondre à cette question, il y a lieu de se reporter à ce que nous avons dit à propos de la formation de nos tourbillons, et il est indispensable de considérer la force du vent d'un tourbillon comme dépendant absolument du resserrement des isobares, c'est-à-dire du *gradient barométrique.*

Par le seul fait des rapprochements inégaux des isobares d'un tourbillon, il pourrait fort bien arriver qu'on éprouve une tempête à

500 milles du centre de la dépression, alors qu'on aurait seulement un vent frais à 250 milles.

Néanmoins, il y a lieu de faire les remarques générales suivantes à propos de l'intensité du vent dans les dépressions : 1° en général, le

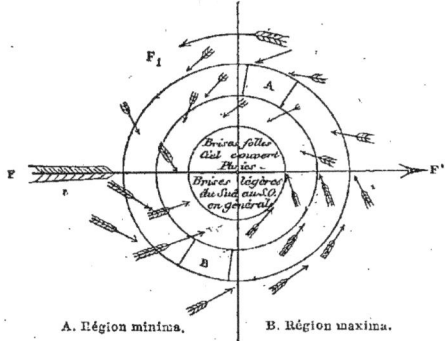

A. Région minima.     B. Région maxima.

vent n'a une force 5 à 6 qu'à une certaine distance du centre de pression minima ; souvent une zone annulaire de faibles brises l'entoure à une distance variable de 15 à 150 milles ; 2° la brise, toutes choses égales, est toujours plus violente dans le demi-cercle de droite que dans celui de gauche ; 3° dans nos bourrasques moyennes d'hiver, on peut s'estimer à 300 milles en moyenne de l'aire centrale quand on éprouve un vent noté 7 à 6 ; 4° le maximum d'intensité du vent paraît être vers le milieu du rayon d'un cyclone, à droite du centre et un peu en arrière de la perpendiculaire à la trajectoire élevée au centre du tourbillon.

*Cas de deux dépressions voisines.* — L'intensité et la giration des vents autour de l'horizon sont souvent changées par une dépression voisine, secondaire ou autre. Pour les dépressions secondaires, coexistantes ou simultanées, il existe, entre les deux tourbillons, une zone de vents variables, faibles et inconstants (*fig.* 5, 9, 17). Il doit en être ainsi si l'on réfléchit que, dans cette zone, les rotations des tourbillons se contrarient mutuellement. Quand une dépression en suit une autre, elle fait rétrograder les vents. Prenons un exemple : une dépression vient de passer sur la gauche d'un observatoire, le vent a remonté à l'O.-N.-O. ou au N.-O.; une seconde dépression, suivant le sillon de la première, commence à faire ressentir son influence sur ce point.

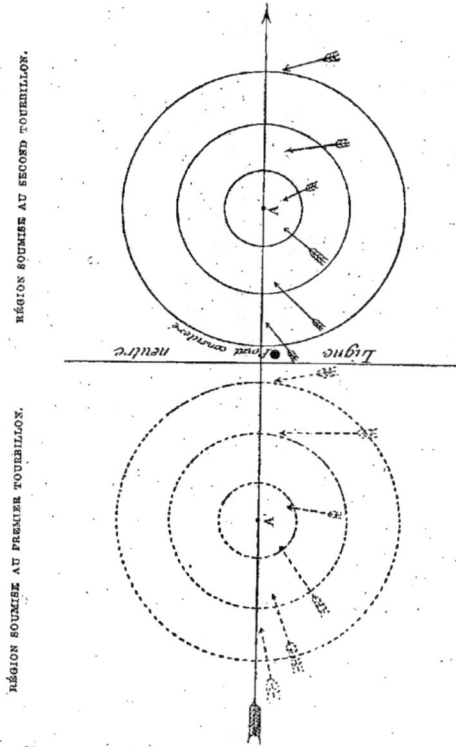

Pour le cas actuel, son quadrant antérieur droit aborde le lieu en question et par suite la brise va obéir à ce nouveau météore en reprenant la nouvelle direction qui convient au quadrant actuel de ce tourbillon; du N.-O. il reviendra vivement à l'Ouest, au S.-O. et peut-être au Sud; puis la tempête reprendra avec une violence nouvelle. C'est de cette façon que se conçoit l'axiome qui nous dit que *si les vents retournent*

*vers le Sud après une première bourrasque il faut se prémunir contre
une nouvelle tempête généralement plus dangereuse que la première.*
Ce même axiome ajoute que la nouvelle tourmente a d'autant plus de
chances d'être violente que le retournement des vents se fait plus subitement. Un retournement soudain explique, en effet, l'idée d'une
grande vitesse de translation [1] et d'une rotation prépondérante de cette
seconde dépression.

*Influence du passage des dépressions sur le baromètre.* — Pour bien
envisager cette question, il paraît utile de se reporter aux figures 25, 26 et
27. Une dépression marchant vers l'Est nous donne, pour des sections
suivant des parallèles, des courbes barométriques $AA$, $A_1A_1$, $A_2A_2$, $A_3A_3$,
$A_4A_4$, $A_5A_5$. En supposant au tourbillon une forme et une certaine vitesse
de translation constantes, nous voyons que, pour des points situés sur
$AA$, $A_1A_1$, $A_2A_2$..... et en avant du méridien $B_5B_5$, le baromètre oscillera
suivant une certaine loi, ou mieux en suivant une courbe, qui sera fonc-
tion de ces courbes $AA$, $A_1A_1$, $A_2A_2$..... en même temps que de la vitesse
de translation du tourbillon. La forme intérieure du cyclone, sa vitesse
peuvent changer ; il n'en est pas moins vrai que les causes principales de l'oscillation barométrique en un lieu seront : 1° la vitesse de
translation du tourbillon ; 2° la forme des courbes barométriques
suivant des sections parallèles à la trajectoire pour le moment considéré ; 3° le relèvement et la distance du centre d'observation relativement au centre de dépression ; 4° des influences secondaires provenant
des changements de forme ou de marche du cyclone. Ces dernières
causes de la variation du baromètre sont très-faibles pendant la période
de développement complet du cyclone ; elles sont, au contraire, pré-
pondérantes au début et à la fin d'une bourrasque et, trop souvent,
elles masquent la véritable ondulation barométrique résultant des trois
premières sortes de causes. D'après ce qui précède et avec un peu de
réflexion, on voit déjà la grosse différence qu'il y a entre ces mots :
*Chute totale du mercure* et *vitesse de la descente ou de la montée de ce
mercure.* La *chute totale* ne tient absolument qu'au vide barométrique
central de la dépression combiné avec le relèvement du lieu par rapport au centre. La *vitesse de chute ou de montée* dépend avant tout de
la forme du tourbillon, c'est-à-dire de son énergie de rotation et de

[1] Toutes choses égales, dans une file de plusieurs tourbillons, la vitesse de translation
s'accélère de l'un à l'autre dans la première moitié de la file ; elle diminue peu à peu dans
la seconde moitié. *(Note de l'auteur.)*

sa vitesse de translation. Or, nous savons que la forme ou plutôt la répartition de pression dans un tourbillon et sa vitesse sont les éléments principaux de son énergie; il s'ensuit que la vitesse de la hausse ou de la baisse barométrique est l'un des meilleurs indices de cette énergie probable. Ce n'est pas à dire que la hauteur absolue du baromètre n'ait pas non plus sa valeur propre. C'est au contraire un renseignement d'une grande importance, car il donne une idée assez exacte de la distance du centre de dépression, en même temps qu'un renseignement suffisant sur le vide relatif qui s'y est produit. Dans tous les cas, il sera indispensable de faire passer la variation *relative* de la pression avant sa variation *absolue*. En Europe, nos dépressions moyennes font baisser le baromètre de 20 à 25 millimètres en 24 heures sur la trajectoire de leur centre; une baisse de 30 à 35 millimètres en 24 heures indique une bourrasque d'une violence inaccoutumée; une chute de la colonne mercurielle qui dépasserait 40 millimètres en 24 heures pourrait être regardée comme presque une anomalie. Ces chiffres donnés pour 24 heures n'ont rien de commun avec ceux qu'on pourrait établir pour 1 heure, 4 heures ou 12 heures, car on sait qu'il arrive fréquemment de constater une hausse de 3 ou 4 millimètres en une ou deux heures, sans qu'on ait jamais vu le baromètre gagner 60 ou 80 millimètres en 24 heures; en un mot, la loi de proportion n'existe pas pour les variations du baromètre au delà de certaines limites de temps. Les oscillations moyennes du baromètre durant les quelques heures de la période active de nos dépressions sur un même lieu sont impossibles à déterminer d'une manière générale, ainsi que la vitesse de ces dépressions; elle pourra varier, au plus fort de la tempête, depuis 0$\frac{mm}{}$,5 jusqu'à 15 ou 20 millimètres[1] en une heure.

Les déplacements *moyens* du baromètre en Europe se font, d'après l'amiral Fitz-Roy, entre 737 millimètres et 774 millimètres; mais il n'est pas rare de le voir dépasser ces limites. Cet hiver, par exemple, pendant la période anticyclonique des grands froids de décembre, il a été à 782 et 783 millimètres sur la vallée du Danube. Inversement en mars 1876, le mercure est descendu à 714 millimètres à Thursoë (Écosse). En général, les coups de vent moyens de nos hivers correspondent

[1] En rade de Brest, le 3 septembre 1874, vers 2 heures du soir, le vent souffla en foudre du N.-O.; à 2 heures 30 minutes la tempête ayant cessé, on constata que le baromètre avait gagné 11 millimètres dans ce court espace de temps, et que de 742 il était monté à 753. J'ai vérifié moi-même le fait sur la *Cornélie*.

à des aires de pressions minima comprises entre 740 et 745 millimètres ; ce qui ne veut point dire qu'on n'éprouve pas de tempêtes avec une colonne barométrique plus élevée ; car il n'est justement pas rare de subir, après une période de hautes pressions, de très-gros temps avec un baromètre supérieur à 755 millimètres. C'est qu'en effet le vide central d'une dépression n'a d'importance que par le rapport qui existe entre sa propre pression et celle de la contrée qu'il traverse.

Un mot encore pour préciser le rapport qui lie les vents et le baromètre en un lieu donné. On répète souvent que les vents de S.-O., d'Ouest ou de Sud *font* baisser le baromètre, tandis que ceux du N.-E. ou de l'Est le *font* monter. Je crois qu'il y a lieu de ne point attacher à cette règle générale plus d'importance qu'elle ne le mérite ; elle peut être vraie quand il s'agit des vents généraux résultant de l'ensemble de la grande circulation du globe ; mais elle est souvent en défaut pour les tourbillons de nos latitudes moyennes. Pour ces derniers, il est toujours plus conforme à la vérité de séparer totalement les vents et le baromètre et de ne les regarder que comme liés par un intermédiaire qui est la dépression. En France, en Angleterre, aux Pays-Bas et en Irlande, on a été conduit à énoncer cette règle par suite du passage général de ces dépressions dans le Nord, ce qui fait coïncider les vents d'Ouest et de S.-O. avec la baisse barométrique et ceux de N.-O. et Nord avec la hausse. Cependant le vent de N.-E., sec et froid, souffle en rafales avec un baromètre en baisse de 10 à 15 millimètres durant 8 ou 10 heures (29 mars et 30 mars 1878 ; — 4 décembre, 5 décembre 1879 à Cherbourg (*fig.* 10, 19 et 20). Il suffit simplement, pour mettre les règles ordinaires en défaut, que le centre soit à droite au lieu d'être, comme à l'ordinaire, à gauche. De cette étude des dépressions, il résulte que l'emploi du baromètre comme instrument de prévision du temps est excellent, mais qu'il est *indispensable* de le corroborer par les observations simultanées du thermomètre, de l'état du ciel et de la variation de la vapeur d'eau contenue dans l'air. C'est ce qui se comprend par les dernières remarques qui suivent.

*Le thermomètre, le ciel, les pluies, les orages, l'humidité dans les dépressions.* — Presque en tout temps, la partie antérieure d'une dépression s'annonce par un adoucissement très-sensible de la température ; en même temps, l'air devient plus humide, le ciel se couvre après que des *cirrus* élevés se sont montrés dans les plus hautes régions de l'atmosphère. En été, c'est-à-dire en juillet, en août ou en septembre, après une longue période de chaleurs, l'effet thermique est un peu différent et la température peut s'abaisser momentanément à l'approche d'une bourrasque. Néanmoins on peut dire, d'une manière générale, que le thermomètre monte avant une dépression. Le fait est le plus marqué après une période hibernale de froids secs et de gelées. Le dégel de fin décembre 1879 a été amené par l'arrivée d'une bourrasque sur nos contrées; la douce température de nos hivers moyens ne tient qu'au passage continuel de ces dépressions (*fig.* 24 et 25). La portion postérieure est la plus sèche et la plus froide; elle est surtout caractérisée par des grains violents dont l'intensité et la fréquence diminuent avec l'éloignement du centre du tourbillon. L'agitation de l'atmosphère, le mélange de masses aériennes de température différente qui sont les premiers résultats de la formation d'un tourbillon sont certainement les premières causes auxquelles on doit cet état brumeux du ciel pendant le passage de ces météores. Ce même mélange des masses aériennes, en favorisant l'abaissement des couches supérieures plus électrisées que les inférieures, produit encore des orages sur le bord le plus méridional des tourbillons, surtout en été. La précipitation d'eau ou de neige est toujours très-grande sur la partie du parcours de la bourrasque qui suit son émergence de l'Océan; la chute d'eau la plus grande est à droite de la trajectoire (cartes 22 et 23), toutes choses égales.

*L'axe des tourbillons paraît être incliné en avant.* — L'axe des tourbillons paraît être incliné en avant par le frottement de leur base sur la surface du globe. Cette base, retardée par ce frottement, se laisse devancer par la partie supérieure du tourbillon. C'est pour cela que, dans nos coups de vent, on remarque fréquemment une notable divergence entre la direction des nuages et celle du vent. Cette divergence, indice certain d'une saute du vent dans le sens de la course des nuages, prouverait ainsi le retard des couches aériennes inférieures du tourbillon sur les supérieures.

*Conclusions de ce qui précède.* — De ces quelques notes prises sur les dépressions européennes qui ont paru en Europe depuis plus de deux années, il me paraît ressortir quelques faits utiles et dont trop peu de marins sont convaincus. Nous résumons ainsi qu'il suit les résultats de cette étude, au seul point de vue nautique :

1° Dans l'Atlantique nord la zone des vents variables, connue encore sous le nom de zone des brises d'Ouest, est constamment traversée de l'Ouest vers l'Est par des files de tourbillons aériens d'une énergie et d'une durée fort irrégulières.

2° Chacun de ces tourbillons est animé d'un mouvement de rotation toujours dans le sens inverse aux aiguilles d'une montre.

3° Sur la zone de l'Atlantique dont nous parlons, toute espèce de vent un peu fort, son intensité, ses girations, sont les résultats de ces tourbillons et de leurs déplacements.

4° Réciproquement, sur cette même zone, l'existence et les variations d'un courant aérien bien établi sont la preuve du passage d'un tourbillon dans le voisinage.

5° Les oscillations du baromètre et du thermomètre, l'humidité relative de l'air, l'état du ciel, sont toujours liés étroitement à la présence de ces mouvements atmosphériques. L'idée constante qui devra guider le marin dans cette région maritime sera de connaître, autant que possible, le relèvement et la valeur du centre de dépression dont il subit l'influence. Pour y arriver, il fera usage des trois instruments: baromètre, thermomètre, psychromètre et il complétera leurs indications combinées par le relevé attentif des variations du vent, soit en force, soit en direction, en même temps que par l'apparence du ciel. Sa situation météorologique ainsi déterminée, le navigateur aura à manœuvrer pour *éviter* ou pour *utiliser* la dépression du moment. Il serait superflu d'essayer de prévoir tous les cas particuliers qui pourront se présenter car les situations varient à l'infini[1]. Dans tous les cas, en tournant le dos au vent on aura le vide barométrique à sa gauche (loi de Buys-Ballot, directeur de l'Observatoire d'Utrecht) et pour éprouver les moindres avaries dans un temps forcé il sera *toujours* nécessaire d'appliquer les règles établies pour les ouragans tropicaux de notre hémisphère.

Janvier 1880.

---

[1] Parmi ces cas particuliers, je n'en prendrai qu'un seul. Un navire faisant la traversée de Liverpool à New-York se trouve obligé de louvoyer en plein Atlantique pour remonter des brises d'Ouest persistantes, quelle bordée doit-il prolonger? Celle du Nord, répondrons-nous, car, de cette manière, il a plus de chance pour atteindre les demi-cercles des tourbillons où règnent des brises de N.-E. ou d'Est.

J'ai trouvé la confirmation de ce fait par le récit qu'on me fit, il y a quelques jours, de la traversée d'un de nos transports, l'*Aveyron*, je crois, qui, pendant la guerre du Mexique, gagna quinze jours sur d'autres transports, dans une traversée de Brest à la Vera-Cruz, en prenant résolument la bordée du Nord devant des brises d'Ouest persistantes.   J. L.

Nomenclature des cartes météorologiques [1].

| Nombres. | DATES. | | DÉSIGNATION. |
|---|---|---|---|
| 1 | Le 16 décembre 1879. | | Anticyclone. — Type. — Ciel. — Vents. |
| 2 | Le 16 décembre 1879. | Exemples d'indications. | Températures, pluies. |
| 3 | Le 27 juin 1878. | | Anticyclone d'été et températures. |
| 4 | Le 13 novembre 1878. | | Cyclone en formation sur la Manche. |
| 5 | Le 14 novembre 1878. | Les trois périodes d'une dépression. | Même dépression avec dépression coexistante. |
| 6 | Le 15 novembre 1878. | | Cyclone. — Type. — Isobares. — Vents. |
| 7 | Le 16 novembre 1878. | | Le même cyclone. — Isobares. — Vents. |
| 8 | Le 17 novembre 1878. | | Le même cyclone en décroissance, isobares. |
| 9 | Le 18 novembre 1878. | | Isobares. — Vents. — Variations barométriques. |
| 10 | Le 30 mars 1878. | Dépression traversant l'Europe. | Dépression sur Belgique et dépression secondaire. |
| 11 | Le 24 février 1879. | Les divers incidents de la marche d'une dépression. | Cyclone sur Saxe, et dépression secondaire. |
| 12 | Le 25 février 1879. | | Dépression méditerranéenne. |
| 13 | Le 26 février 1879. | | Cyclone sur la Bohême. |
| 14 | Le 16 avril 1879. | Incidents de la marche des dépressions sur l'Europe. | Dépressions coexistantes et esquisse de dépression secondaire. |
| 15 | Le 17 avril 1879. | | Les mêmes dépressions modifiées ; trajectoires. |
| 16 | Le 18 avril 1879. | | Réunion définitive des dépressions. |
| 17 | Le 4 avril 1879. | Réactions des dépressions les unes sur les autres. | Deux dépressions réagissant l'une sur l'autre. |
| 18 | Le 5 avril 1879. | | Effet des réactions des dépressions. |
| 19 | Le 4 décembre 1879. | Tourbillon abordant en Bretagne ; ses influences. | Dépression abordant la Bretagne. |
| 20 | Le 5 décembre 1879. | | Isobares. — Vents. — Ciel. — Mer. |
| 21 | Le 5 décembre 1879. | | Température, pluies. — Variations barométriques. |
| 22 | Carte des pluies du 14 au 15 décembre 1879. | | Cartes des pluies pour un anticyclone. |
| 23 | Carte des pluies du 3 au 5 décembre 1879. | | Carte des pluies pour un tourbillon. |
| 24 | Le 11 novembre 1878. | Influence des pressions sur la température et le baromètre. | Températures sur l'Europe. |
| 25 | Le 11 novembre 1878. | | Isobares et sections méridionales ou parallèles. |
| 26 | Le 11 novembre 1878. | | Courbes barométriques méridiennes. |
| 27 | Le 11 novembre 1878. | | Courbes barométriques parallèles. |

[1] Ces cartes ont été choisies dans une collection de 50 cartes qui accompagnaient le manuscrit.

N° 26. — Les diverses courbes barométriques ci-dessous ont été relevées pour les sections méridiennes de la dépression du 11 novembre. (Voir *fig.* 25.)

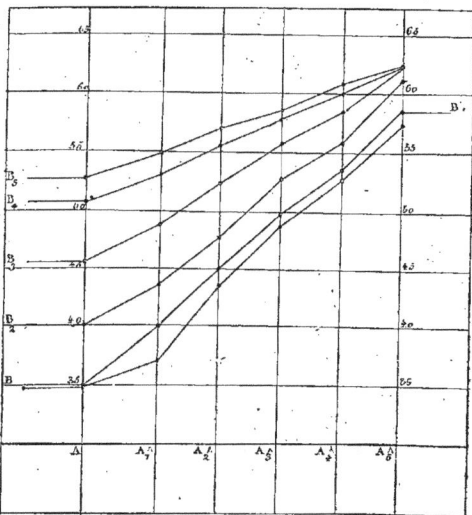

N° 27. — Courbes barométriques pour des sections suivant des parallèles faites dans la dépression du 11 novembre 1878.

En admettant une direction rectiligne O.-S.-E. au tourbillon et en lui supposant une forme barométrique invariable, on conçoit que ces diverses lignes reproduiraient les variations barométriques des points situés sur les parallèles choisis et en avant du centre de dépression.

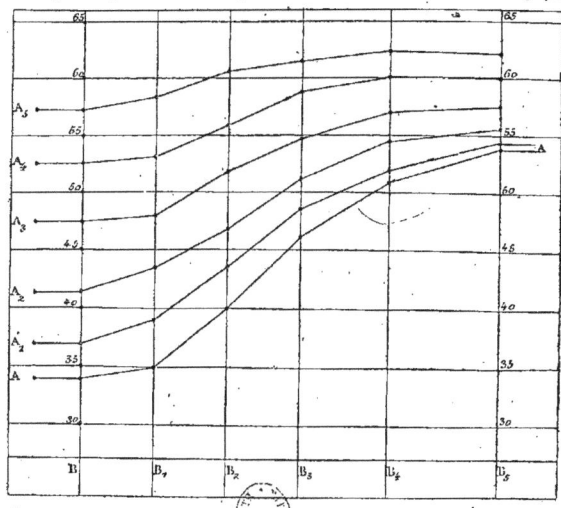

NANCY. — IMPRIMERIE BERGER-LEVRAULT ET Cie.

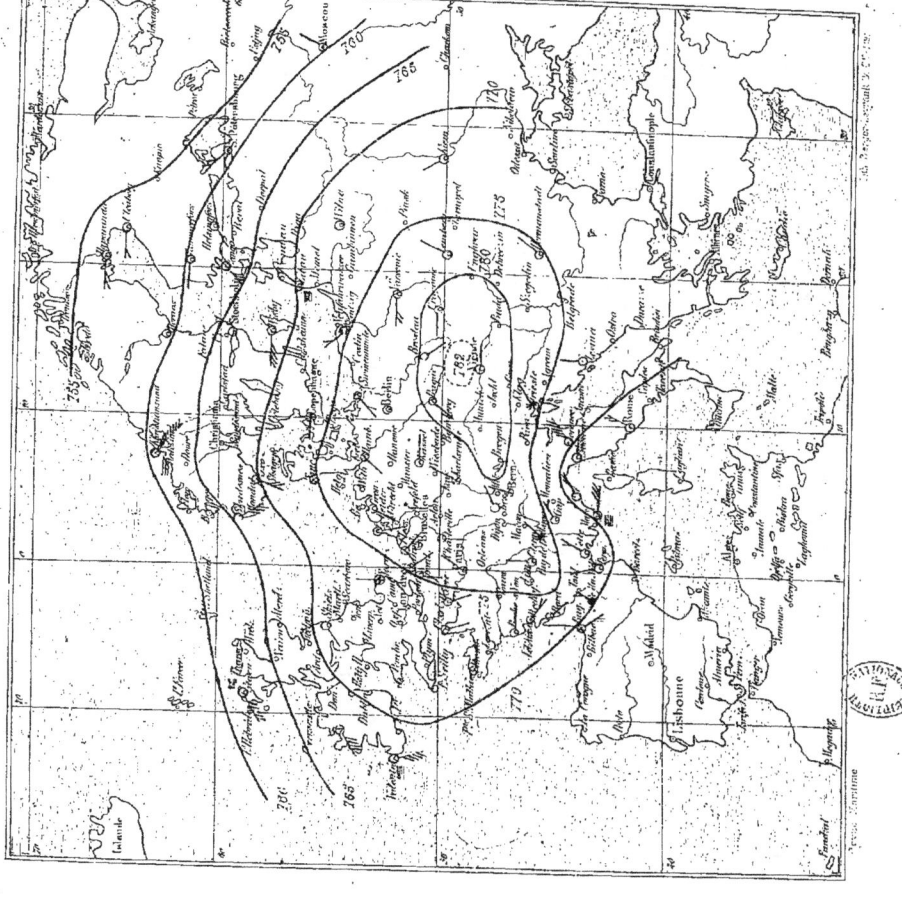

## Le 16 décembre 1879.

*Isobares. — Ciel. — Vents. — Mer.*

L'anticyclone, en permanence, depuis le 6 décembre, sur l'Europe centrale, a reculé lentement vers l'ouest, sous la poussée de la dépression septentrionale qui tend à traverser la Russie du N.-O. au S.-E.; la dépression algérienne a disparu.

L'anticyclone de ce jour peut être pris comme type du système barométrique : sa forme est assez régulière ; les vents y sont faibles, sauf à Livourne et Florence ; le ciel beau ou brumeux, et le froid y est excessif (—19°) ; enfin l'examen de la carte laisse assez bien admettre un mouvement lent de l'atmosphère autour du maximum barométrique (782), dans le sens des aiguilles de montre.

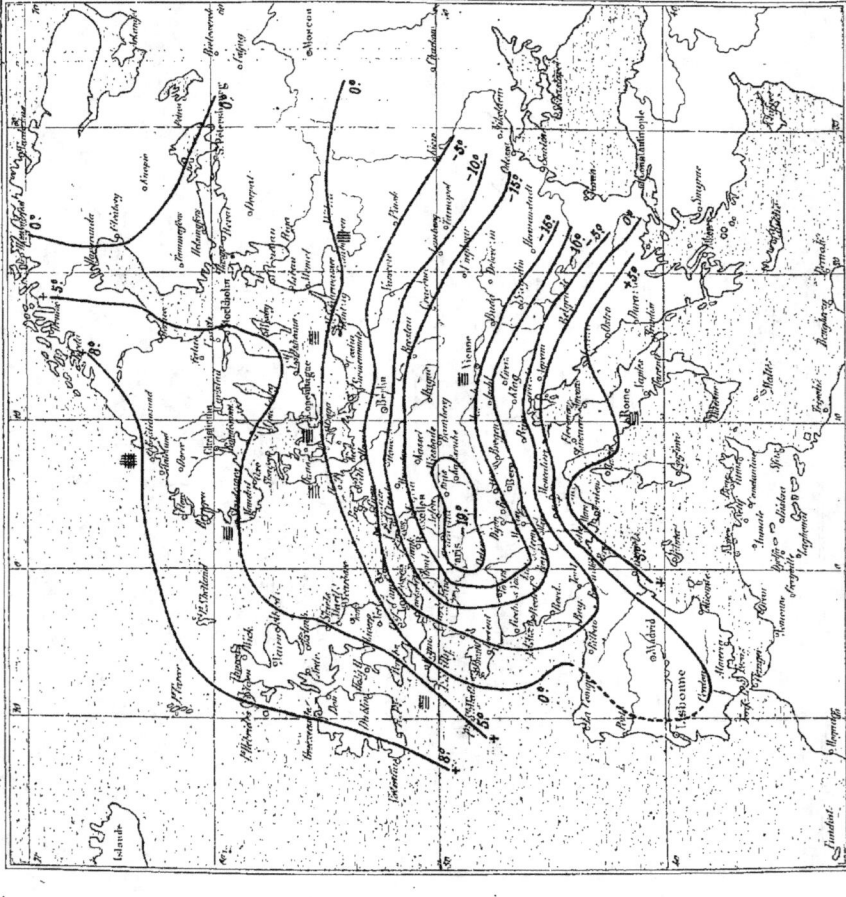

**No 2.**

**Le 16 décembre 1879.**

*Température, pluies.*

Même disposition remarquable des lignes thermales que les jours précédents. Cette période météorologique d'Europe est surtout remarquable par son froid excessif sur la France et les contrées rhénanes en même temps que par la douceur inaccoutumée de l'hiver en Russie septentrionale, Norwége, Suède, Écosse et Irlande.

Nous voyons, dans cette distribution irrégulière de la chaleur sur l'Europe, la meilleure preuve des influences opposées de l'anticyclone et du tourbillon, au seul point de vue du thermomètre.

Ajoutons que c'est seulement à l'arrivée d'une dépression que nous sommes redevables du dégel de fin décembre et de l'arrêt momentané de ce rude hiver.

## Le 27 juin 1878.

*Isobares (rouges) et températures (bleues).*

A 8 heures du matin, un anti-cyclone occupe la Baltique et fait ressentir son action sur la plus grande partie de l'Europe. La pureté du ciel, le calme de l'air produisent des effets thermiques inverses de ceux que nous venons de constater pour décembre 1879; la température est alors très-élevée sur l'Europe, 20° à 25° à 8 heures du matin. Nous avons ainsi un exemple de l'influence de l'anticyclone d'été, dont les effets sont contraires à ceux que l'on observe pour celui d'hiver. La période de beau temps de ce mois de juin nous a été donnée par la présence d'un anticyclone sur l'Europe pendant le même temps.

## Le 13 novembre 1878.

*Isobares, vents.*

Nous allons assister aux différentes phases de l'existence d'un cyclone qui, prenant naissance sur le canal de Bristol, vient se dissiper sur la Belgique. Le 13 novembre, à 8 heures du matin, le centre (745) est près de Cherbourg, et la forme allongée des isobares ne permet pas encore de préjuger quelle sera l'intensité et la direction de la bourrasque.

Le vent n'a guère de force qu'aux Scylly et à Cherbourg.

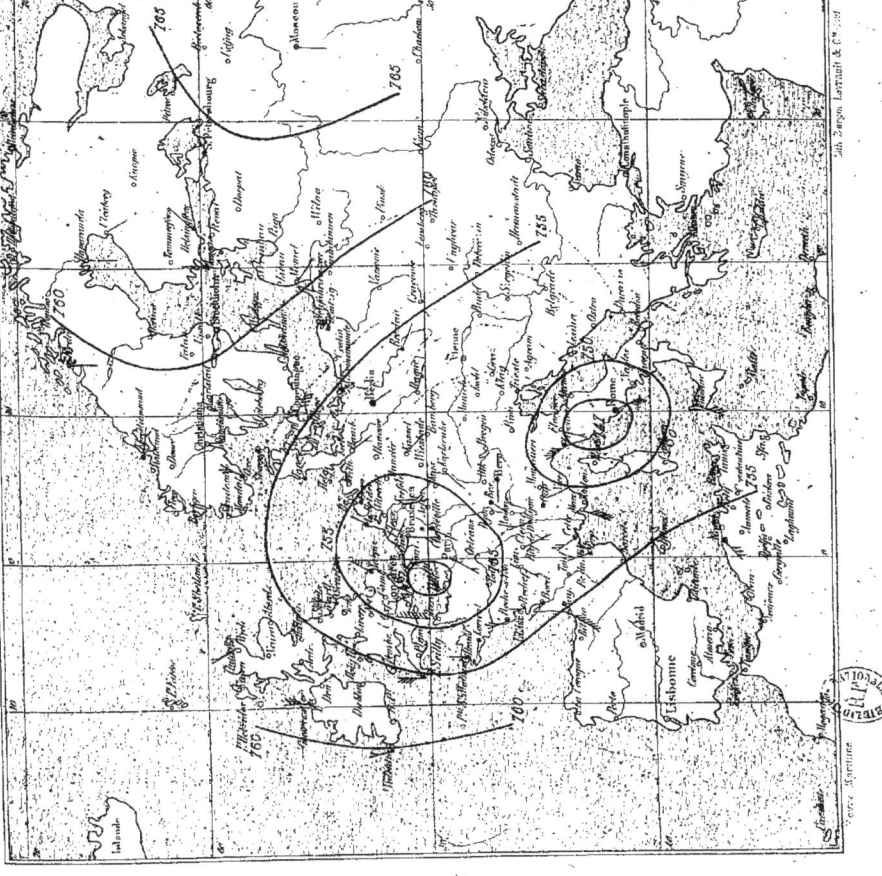

N° 5.

## Le 14 novembre 1878.

*Isobares et vents.*

L'isobare 755 s'est repliée pour envelopper deux dépressions coexistantes également importantes.

Les vents tournent autour des deux aires 747 et 746, toujours dans ce même sens inverse aux aiguilles d'une montre. Entre les courbes 750 de chaque dépression, il existe une sorte de zone neutre où les vents sont irréguliers en intensité et en direction. Toutes les fois qu'un semblable système barométrique se présente, on peut être certain que les deux dépressions coexistantes vont se réunir pour donner lieu à une bourrasque plus intense que chacune d'elles, prise séparément.

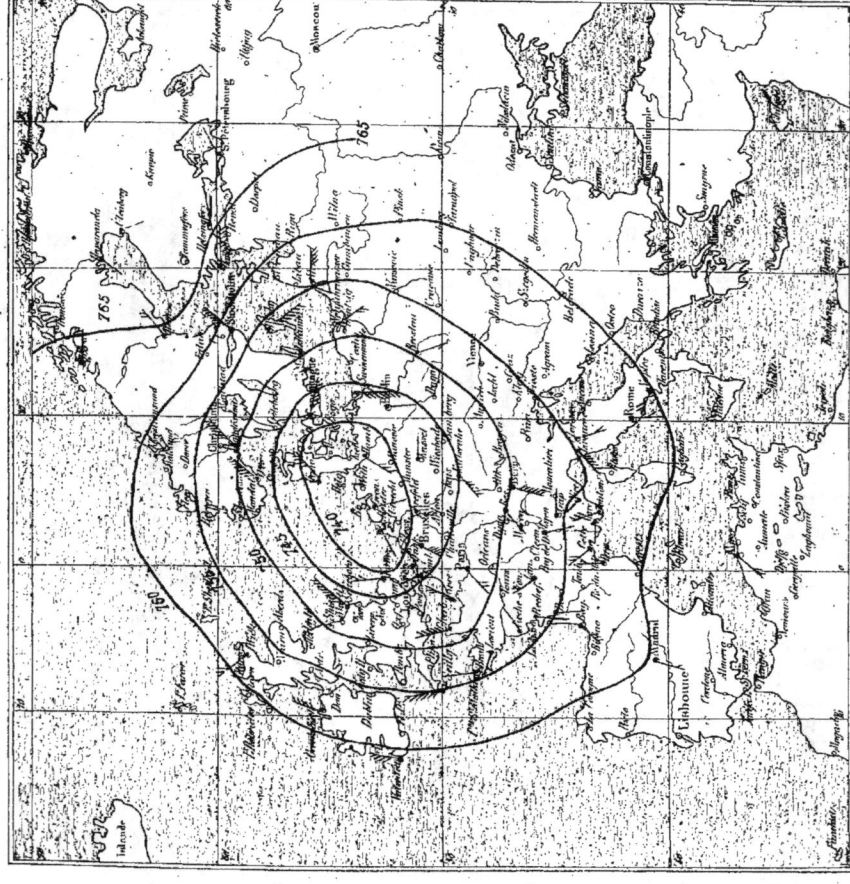

## Le 15 novembre 1878.

*Isobares, vents.*

La situation atmosphérique présente un intérêt considérable; la forme circulaire des isobares, leur disposition concentrique, les vents régulièrement répartis en directions tout autour de l'aire de pression minima, tout cet ensemble donne bien l'idée d'un immense tourbillon atmosphérique qui exercerait son influence sur l'Europe : de Madrid à Stockholm et de Valentia à Pétersbourg.

Cette dépression est l'un des types du genre, non pas seulement par la violence de ses effets, mais bien plus par sa forme si accusée.

## Le 16 novembre 1878.

*Isobares et vents.*

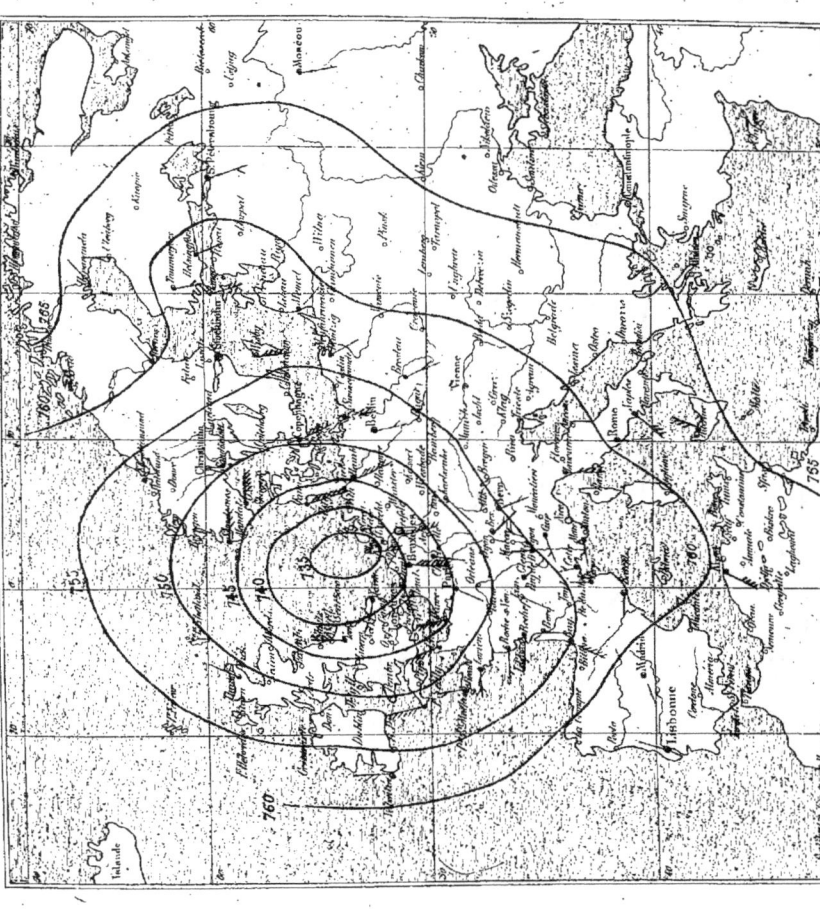

Le cyclone, presque stationnaire, s'est allongé dans le sens des méridiens, en même temps que la dépression centrale se creusait.

Sa forme est toujours très-remarquable; cependant il est facile de prévoir sa désorganisation prochaine, et cela à cause de cet allongement dans le sens nord et sud et de son immobilité.

La forme de l'isobare 760 sur la Méditerranée donnera probablement lieu à la formation d'une dépression secondaire sur cette mer; une semblable inflexion d'une isobare dans un système cyclonique donne lieu, en effet, à une dépression qui se développe aux dépens de la première, et qui, par suite, l'amoindrit et achève sa désorganisation.

No 8.

Le 17 novembre 1878.

*Isobares et vents.*

La désorganisation est déjà bien avancée, les isobares se sont écartées et le vide central se comble peu à peu; les vents, dans l'isobare 755, soufflent encore avec force en certains endroits; ils sont N.-E. et N.-N.-E. au sud de la Norwège; N.-O. ou N. en Angleterre et en Manche; S.-O. ou S. sur la France septentrionale, la Belgique et la Hollande; enfin, à Wisby (Baltique), règne encore un vent grand frais de S.-E.

La marche du centre de la dépression est indiquée sur la carte.

No 9.

## Le 18 novembre 1878.

*Isobares, vents, courbes d'égale variation barométrique pendant les 24 heures (lignes pointillées).*

Le baromètre est en hausse sur presque toute l'Europe et deux dépressions *coexistantes* remplacent actuellement la dépression d'hier.

L'inspection seule des isobares de cette carte suffit à nous démontrer le trouble profond qui a agité l'atmosphère d'Europe durant la semaine précédente; l'équilibre tend à se rétablir momentanément, et il le fera d'autant plus vite qu'aucune dépression maritime ne viendra point bouleverser de nouveau cette atmosphère.

2

No 10.

## Le 30 mars 1878.

*Isobares, vents en direction seulement.*

La même bourrasque s'est avancée au N.-E. en donnant lieu à la formation d'une dépression secondaire sur le Languedoc (740). La tempête a été violente dans la nuit précédente, en Manche et à Paris. La température s'est notablement abaissée dans toute la partie gauche du cyclone.

Le ciel a été couvert également en Manche et à Paris, malgré la brise du N.-E. ou du N.; grains de neige fondue en France, Manche, sud Angleterre, Pas-de-Calais; pluies à droite du météore.

La brise est irrégulière entre la dépression principale et la dépression secondaire.

No 11.

Le 24 février 1879.

*Isobares, veuls, ciel, mer..*

Un cyclone principal embrasse
toute l'Allemagne, la France, la
Belgique ; une dépression secondaire existe déjà sur la Gironde,
mais une autre dépression secondaire se prépare sur le golfe de
Gênes et la Méditerranée et elle a -
beaucoup de chances, étant. donnée la forme de 750 et 750, pour
accaparer les deux dépressions
déjà existantes. La température
monte en Pologne, Baltique ; elle
baisse ailleurs.

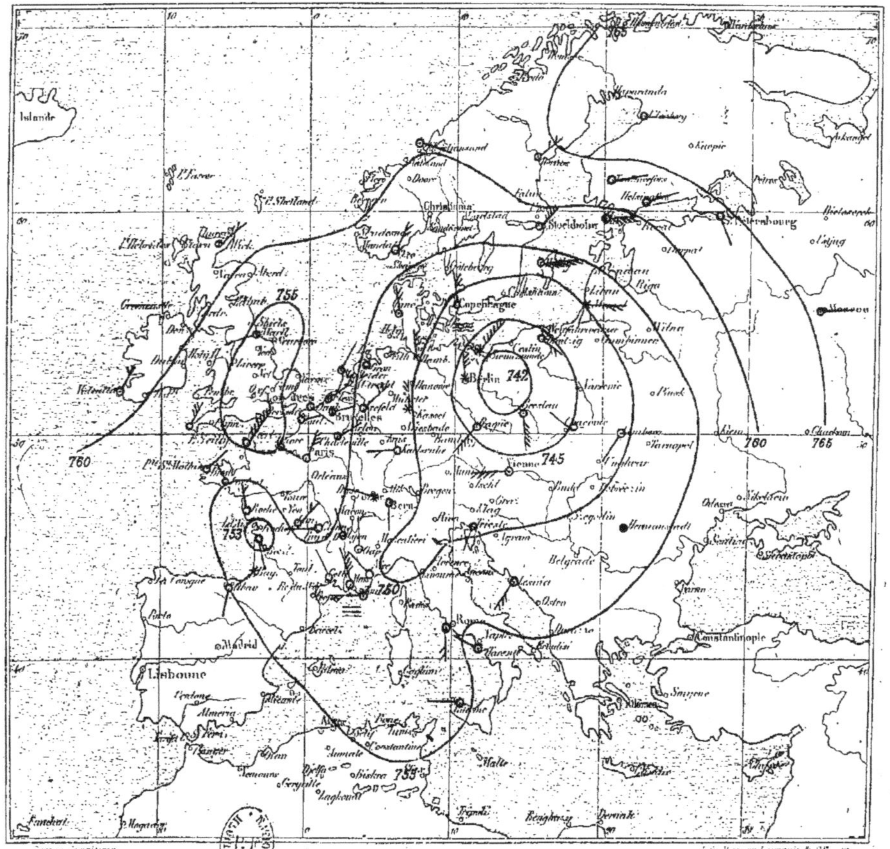

No 12.

Le 25 février 1879.

*Isobares, vents, ciel.*

Exemple d'une dépression secondaire ayant remplacé et absorbé
la dépression principale.

Cette bourrasque méditerra-
néenne commande les vents sur la
Manche et sur la mer du Nord. Les
plus mauvais temps ont lieu. cependant sur le bassin antérieur de
la Méditerranée ; la mer est grosse
à Alger et sur l'Adriatique.

## Le 26 février 1879.

*Isobares, vents, ciel, mer.*

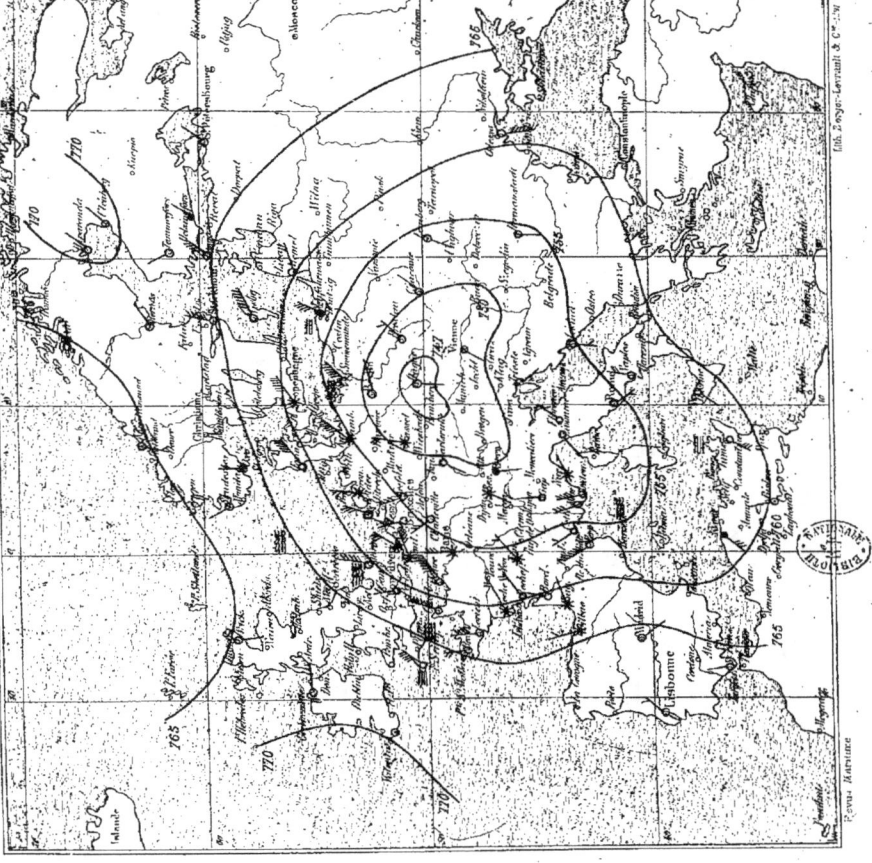

L'aire centrale de la dépression a gagné la Bohême ; les isobares se sont desserrées, indice certain du déclin de la bourrasque.

La tempête est dans toute sa force sur la Manche, la mer du Nord, la Baltique.

Le ciel est nuageux ou brumeux sur ces mers ou sur les régions riveraines.

Le thermomètre est en hausse de 5 à 6 degrés sur toute la partie droite et antérieure, mais il baisse à sa gauche. La pluie et la neige sont tombées en grande abondance sur les Pays-Bas, l'Autriche, la France, l'Allemagne et l'Italie septentrionale.

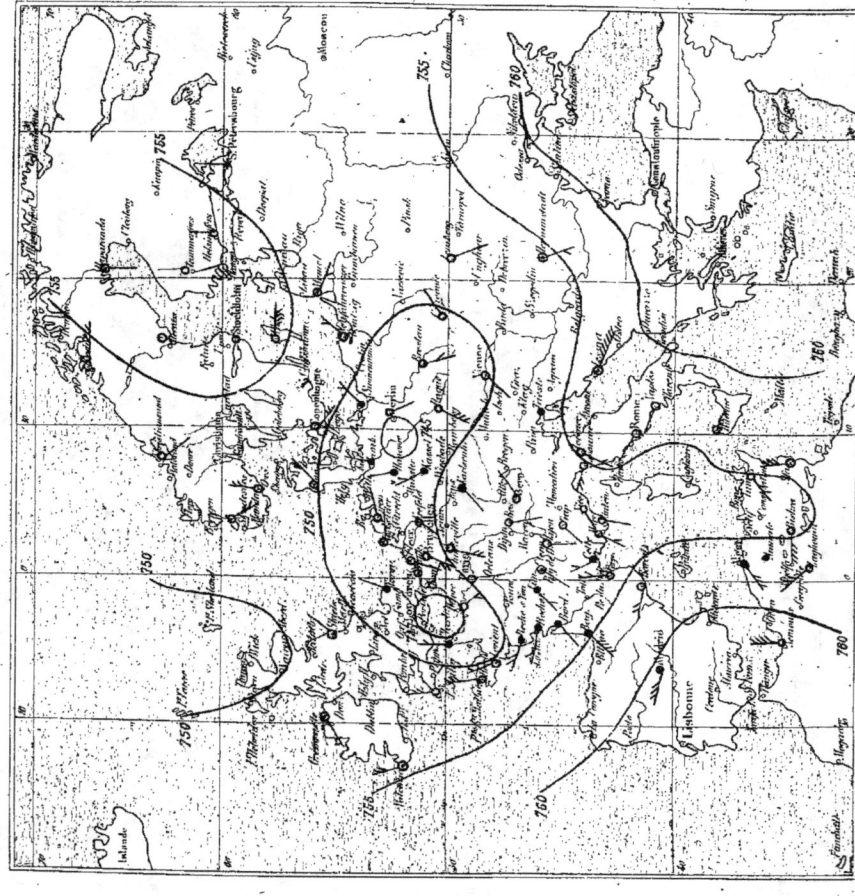

No 14.

## Le 16 avril 1878.

*Isobares, vents, ciel.*

La dépression bretonne d'hier s'est dédoublée en deux dépressions coexistantes enveloppées par l'isobare 750; quant à la dépression secondaire, hier sur le golfe du Lion, elle s'est trouvée amoindrie et refoulée vers l'Algérie; elle n'est plus que esquissée par l'inflexion prononcée de l'isobare 755 sur cette dernière contrée.

## Le 17 avril 1879.

### Isobares et trajectoires.

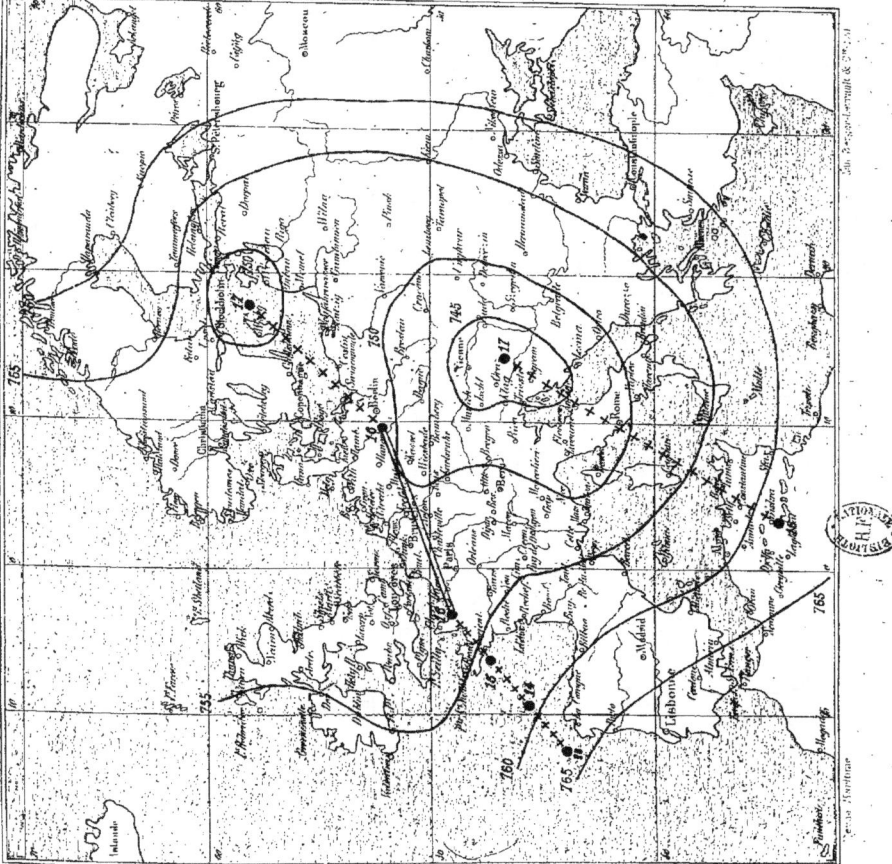

Les dépressions coexistantes, ce qui arrive presque toujours, se sont soudées et ont marché au N.-E. vers le golfe de Finlande ; en même temps, la dépression secondaire d'Algérie, attirée et sollicitée par ce déplacement atmosphérique des deux autres dépressions ; s'est considérablement agrandie ; nous la retrouvons sur la Styrie, marchant à la suite de la dépression Baltique qu'elle va accaparer sûrement.

Vitesse de la dépression algérienne du 16 au 17 = 42m à l'heure.

Vitesse de la dépression Baltique du 16 au 17 = 20m en moyenne.

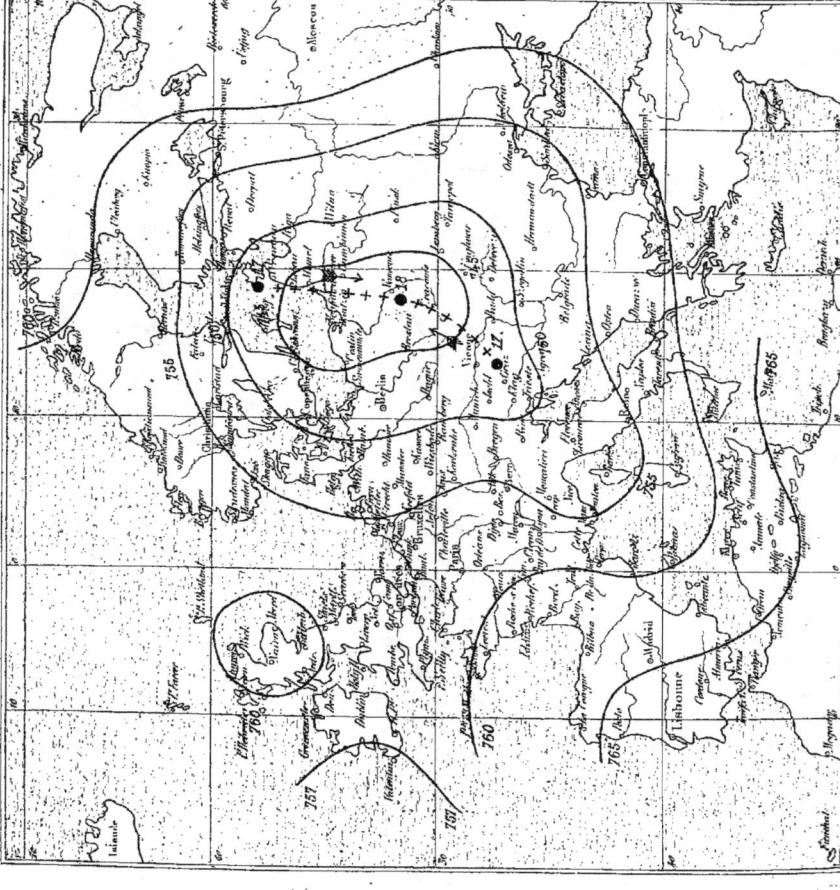

Le 18 avril 1879.

—

*Isobares et trajectoires, réunion
des dépressions.*

—

Nous assistons à la fusion défini-
tive des divers systèmes barométriques qui se sont partagé l'Europe depuis le 14 avril.

Un cyclone, formé dans les conditions actuelles sur l'Océan ou
même sur nos côtes de l'Océan et
de la mer du Nord, eût acquis une
bien plus grande importance que
celle qu'il.possède en ce moment;
les frottements du
sol sont autant d'obstacles à son
développement quand.le cyclone
prend naissance sur le continent.

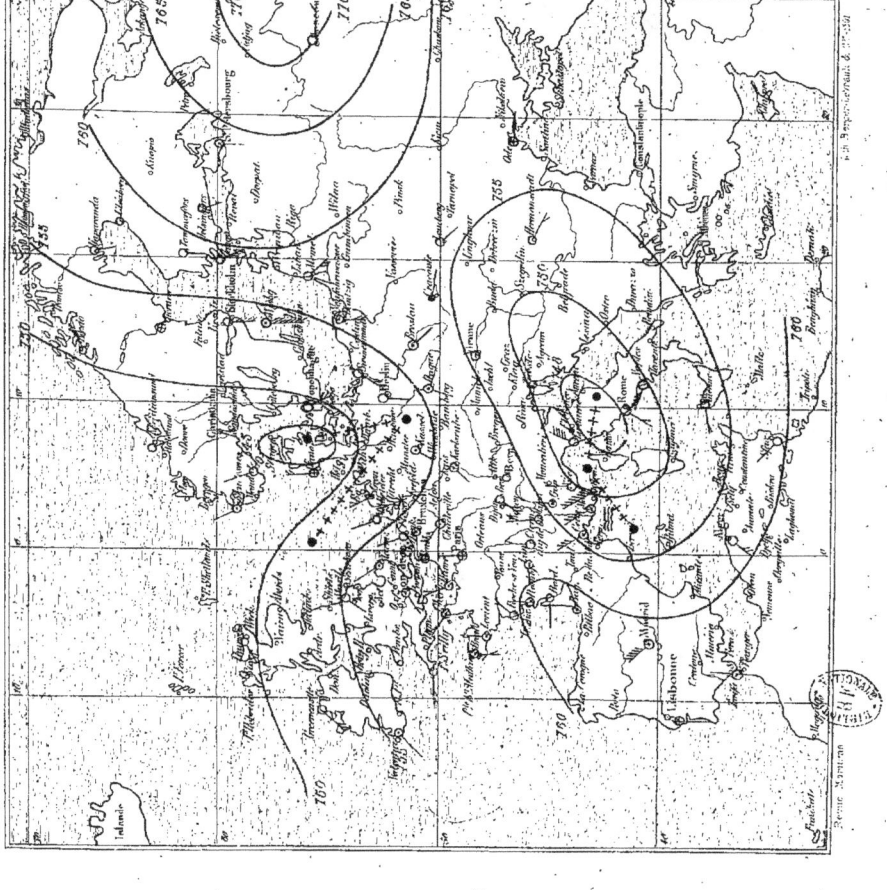

No 17.

## Le 4 avril 1878.

*Isobares, vents, ciel, trajectoires,
dépressions simultanées.*

Une dépression a disparu sous
l'action prépondérante des deux
autres.

Les deux tourbillons restants, à
peu près d'égale-intensité, réagis-
sent l'un sur l'autre sans s'entamer
sensiblement et nous les voyons
s'écarter l'un de l'autre.

Un anticyclone sur la Russie les
oblige en même temps à s'écarter
de lui par la seule action de son
inertie.

Les vents sont faibles et incer-
tains dans la zone commune aux
dépressions.

No 18.

—

Le 5 avril 1879.

Isobares et trajectoires.

—

En même temps qu'elles se sont écartées, les dépressions se sont comblées; disposition assez fréquente des isobares pendant les mois de janvier ou décembre des années moyennes.

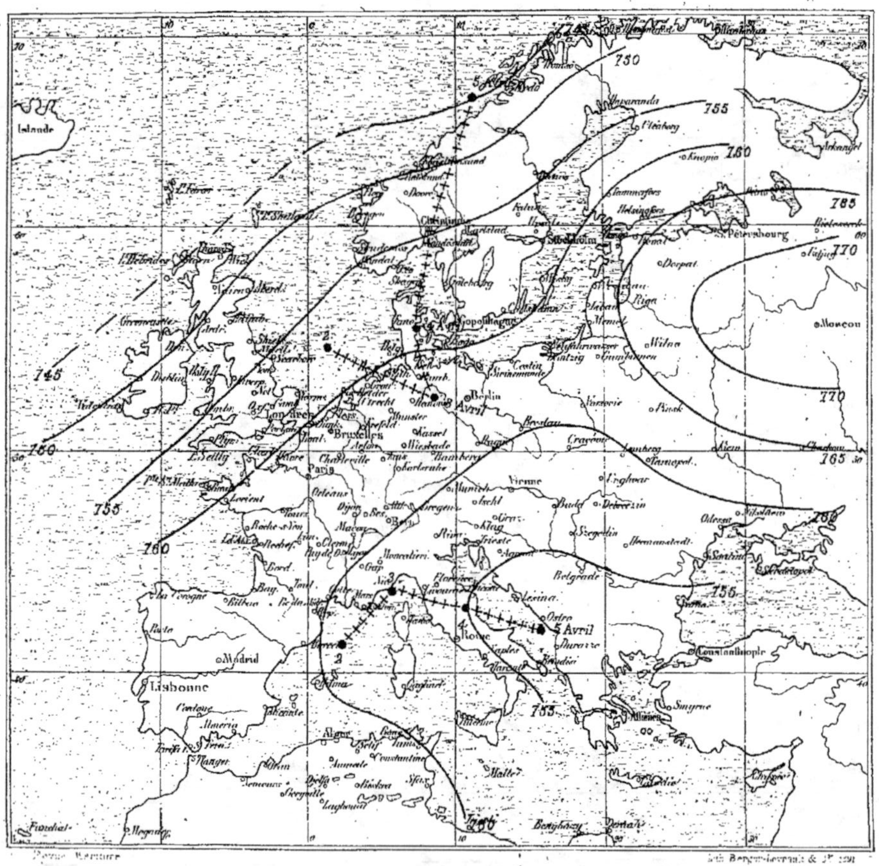

—

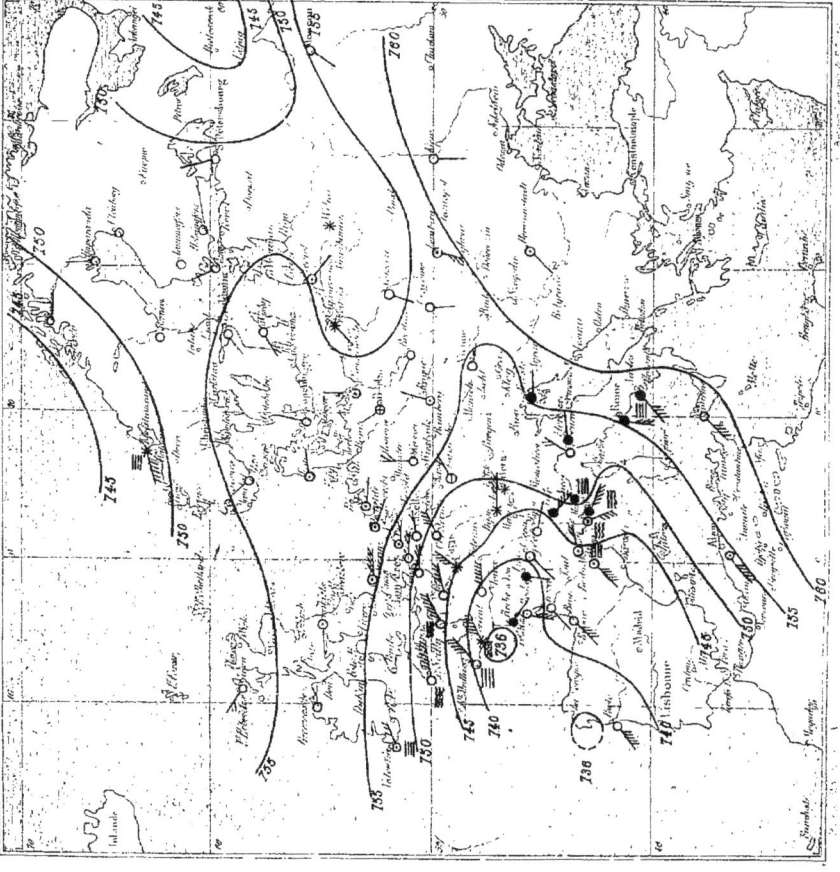

N° 19.

### Le 4 décembre 1879.

*Isobares, ciel, mer, vents.*

Comme au 30 mars 1878, une dépression importante aborde la Bretagne pour traverser l'Europe du
S.-O. au N.-E. Une tempête d'E.
ou de N.-E. règne en Manche avec
un baromètre en hausse, une mer
grosse à Cherbourg, houleuse aux
Scylly. La température est en
hausse sur la France et l'Europe
centrale; il pleut sur le bassin mé-
diterranéen, il neige ou il va neiger
abondamment sur le reste de la
France et le bassin rhénan.

À Paris, à Cherbourg, les vents
tournent de l'E. au N.

Une dépression secondaire à la
suite de la principale occasionne à
Paris un dégel de quelques heures
dans la nuit du 4 au 5; mais le 5,
le froid reprend plus fortement
que précédemment.

4

N° 20.

## Le 5 décembre 1879.

*Isobares, vents, ciel, mer.* (Pas de dépêches d'Autriche.)

La même bourrasque sur le duché de Bade. Vitesse moyenne pendant les 24 heures : 25ᵐ.

Tempête sur la Manche et sur la Méditerranée.

A Cherbourg, les vents tournent de l'E. au N.-O. en passant par le N. ; à Toulon, au contraire, de S.-E. ils deviennent S., puis S.-O. et enfin N.-O. violent.

On conçoit, d'après cela, la différence qui existe, au seul point de vue de la rotation des vents, entre les deux moitiés du tourbillon.

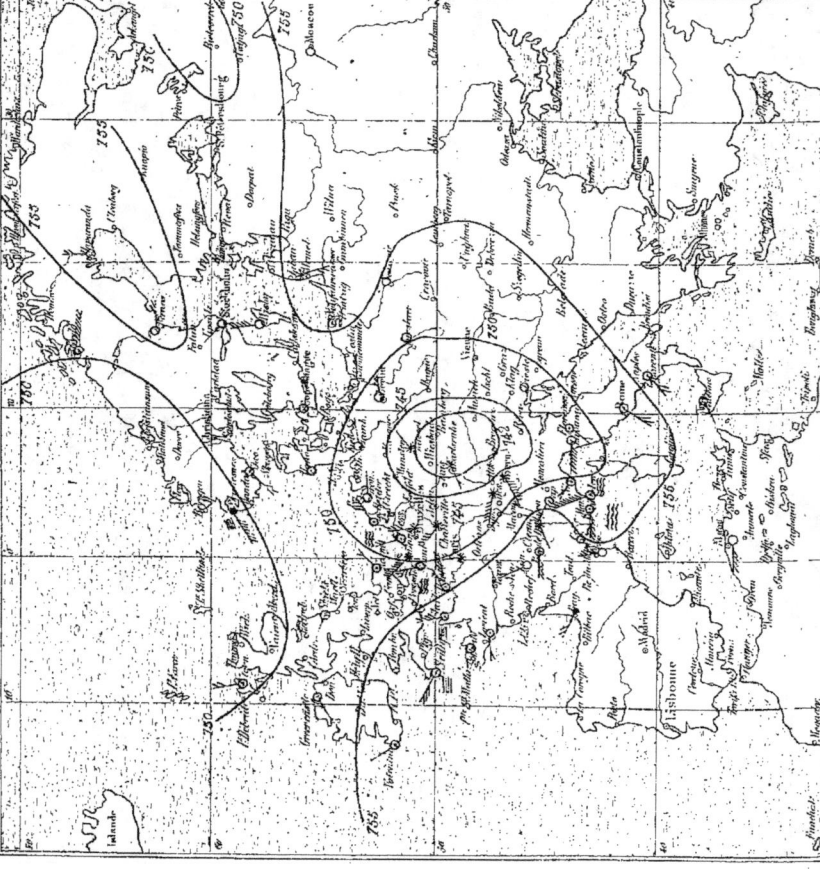

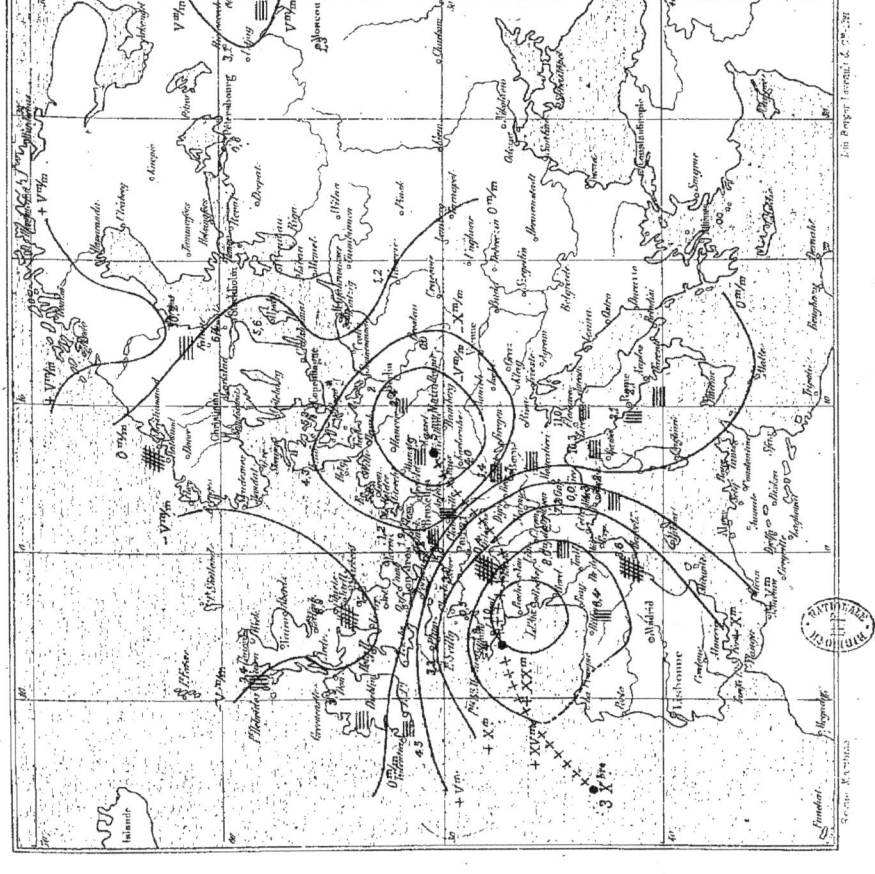

No 21.

Le 5 décembre 1879.

*Lignes d'égales variations baro-métriques, pluies, changements de température pendant les 24 heures.*

La température est en hausse à la partie antérieure du tourbillon ; elle baisse à la partie postérieure, c'est-à-dire dans la région de hausse barométrique.

Voir pour les signes de pluie les cartes 22 et 23.

## Carte des quantités de pluies

*recueillies aux stations météorologiques européennes pendant la période anticyclonique du 14 au 16 décembre 1879.*

≡ De 0% à 5%.
‖‖‖ De 5% à 10%.
### Au-dessus de 10%.

Cette carte a été dressée pour être comparée avec la suivante, qui se rapporte aux 4, 5 et 6 décembre. Il est ainsi facile, au moyen de ces deux cartes, de se faire une idée de la différence qui existe entre un anticyclone et une dépression, au seul point de vue de la précipitation.

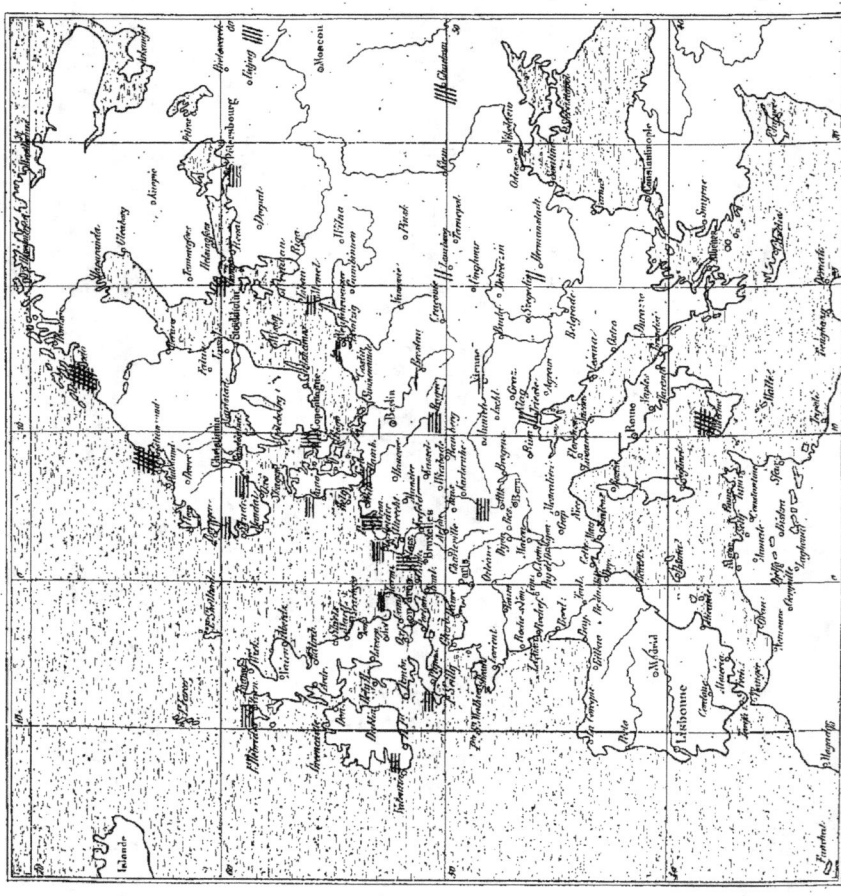

No 23.

Carte des pluies en Europe

pour la durée de la dépression des
3, 4 et 5 décembre 1879.

≡ De 0% à 5%.
||||| De 5% à 10%.
### Au-dessus de 10%.

Les pluies sont notablement plus
abondantes à droite du tourbillon;
de plus, la précipitation totale est
bien plus considérable que pour
l'anticyclone du même mois.

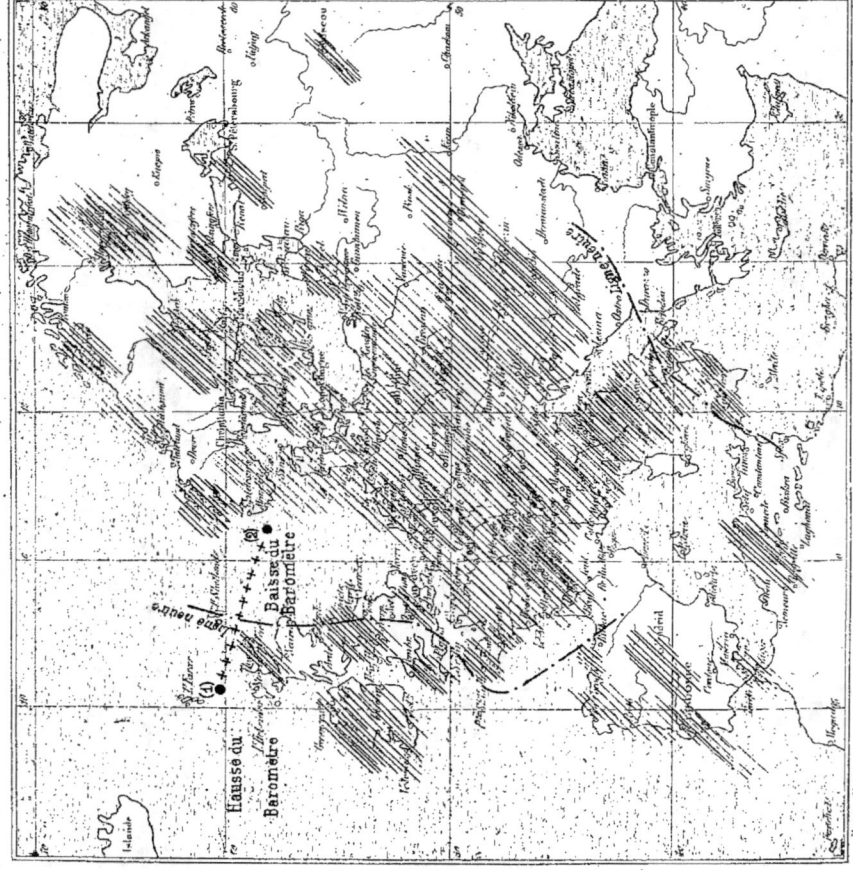

Le 11 novembre 1878.

*Variations de la température à*
*l'arrivée d'une bourrasque.*

Les lignes rouges indiquent une
élévation, les bleues un abaissement.

No 25.

Le 11 novembre 1878.

*Isobares et sections dans le tour-
billon.*

Les courbes des cartes 26 et 27
se rapportent à des sections méridiennes et parallèles, faites dans le
tourbillon du 11 novembre 1878.

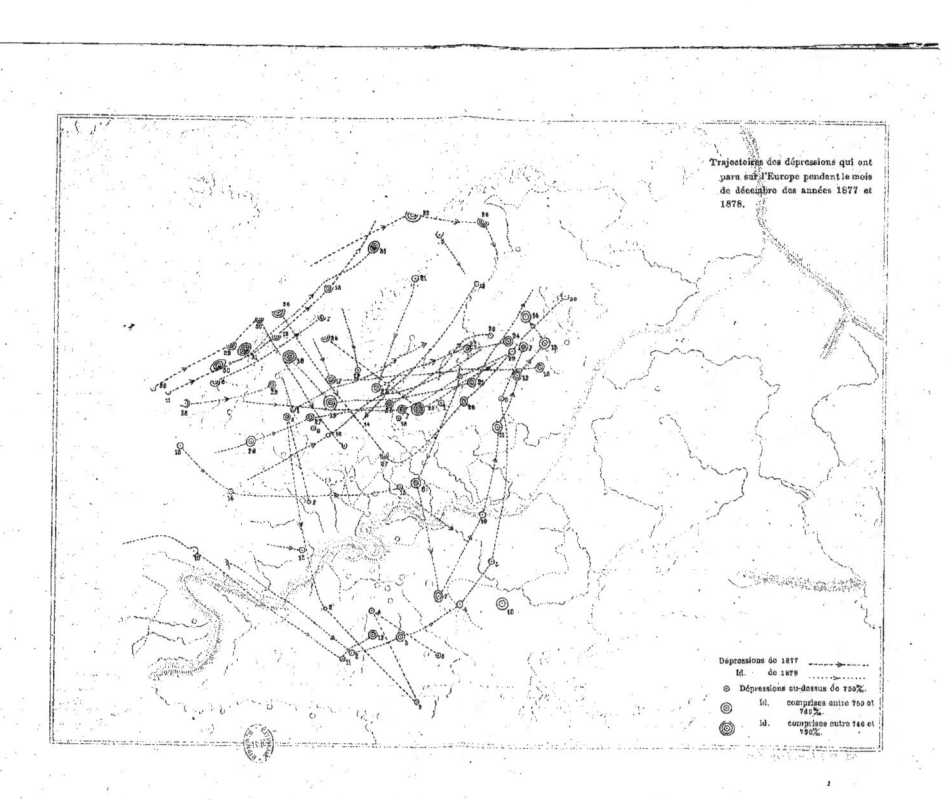

Trajectoires des dépressions qui ont
paru sur l'Europe pendant le mois
de décembre des années 1877 et
1878.

Dépressions de 1877 ........
Id.        de 1878 ........
⊚ Dépressions au-dessus de 750ᵐ.
◎ Id.     comprises entre 750 et
                740ᵐ.
◉ Id.     comprises entre 740 et
                730ᵐ.

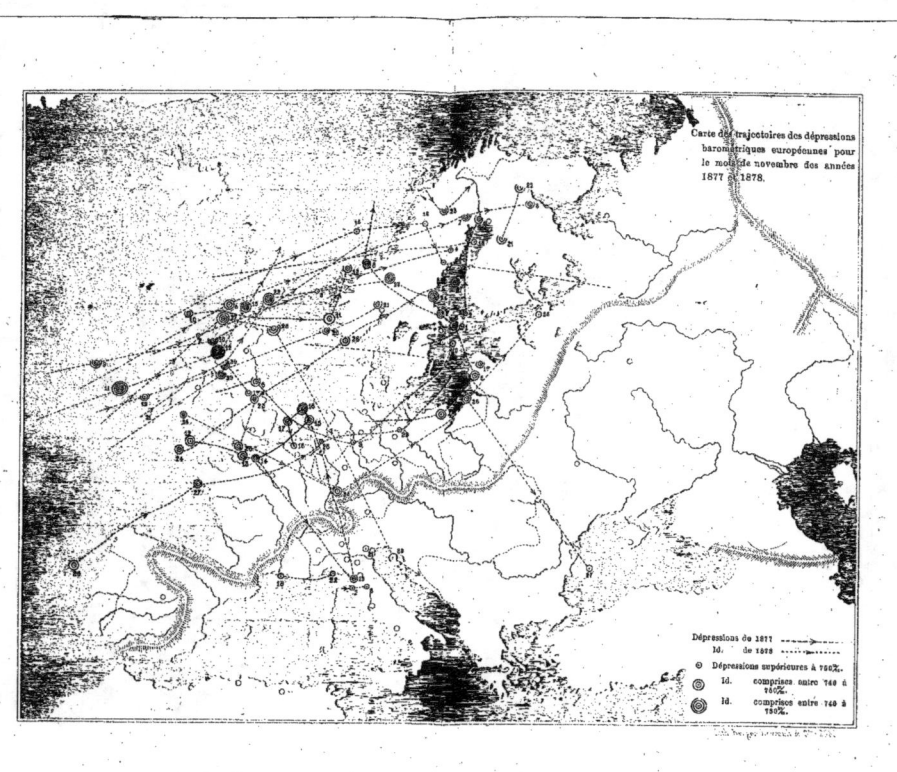

Carte des trajectoires des dépressions
barométriques européennes pour
le mois de novembre des années
1877 et 1878.

Dépressions de 1877 ——————
Id.        de 1878 ·····················
Dépressions supérieures à 755%.
Id.        comprises entre 749 à
750%.
Id.        comprises entre 740 à
750%.

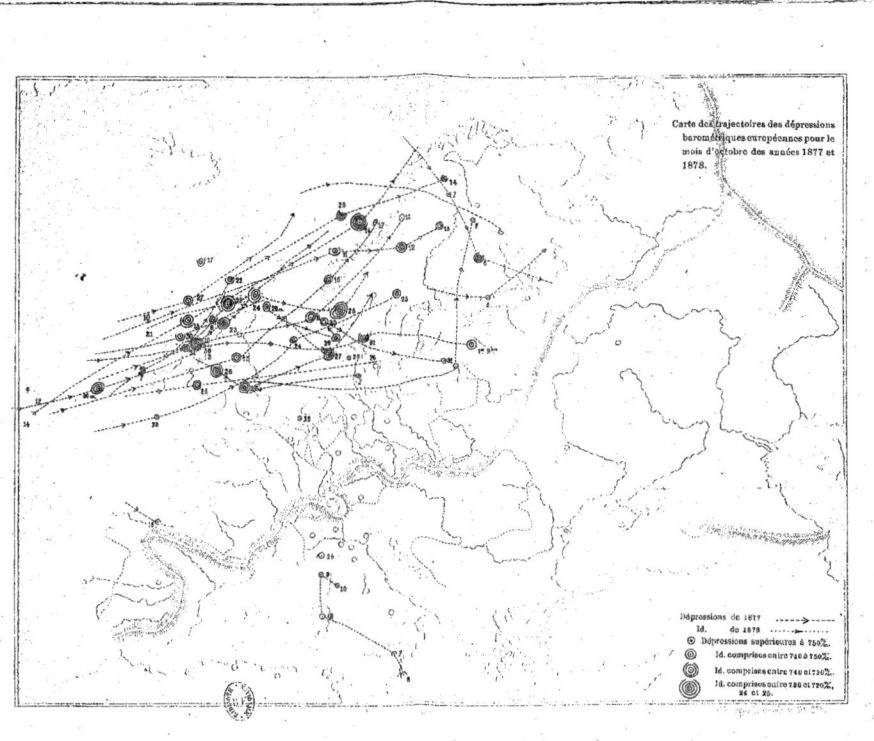

Carte des trajectoires des dépressions
barométriques européennes pour le
mois d'octobre des années 1877 et
1878.

Dépressions de 1877 ----------→
Id.          de 1878 ----------→
Dépressions supérieures à 750%.
Id. comprises entre 740 à 750%.
Id. comprises entre 740 et 730%.
Id. comprises entre 730 et 720%.
34 et 29.

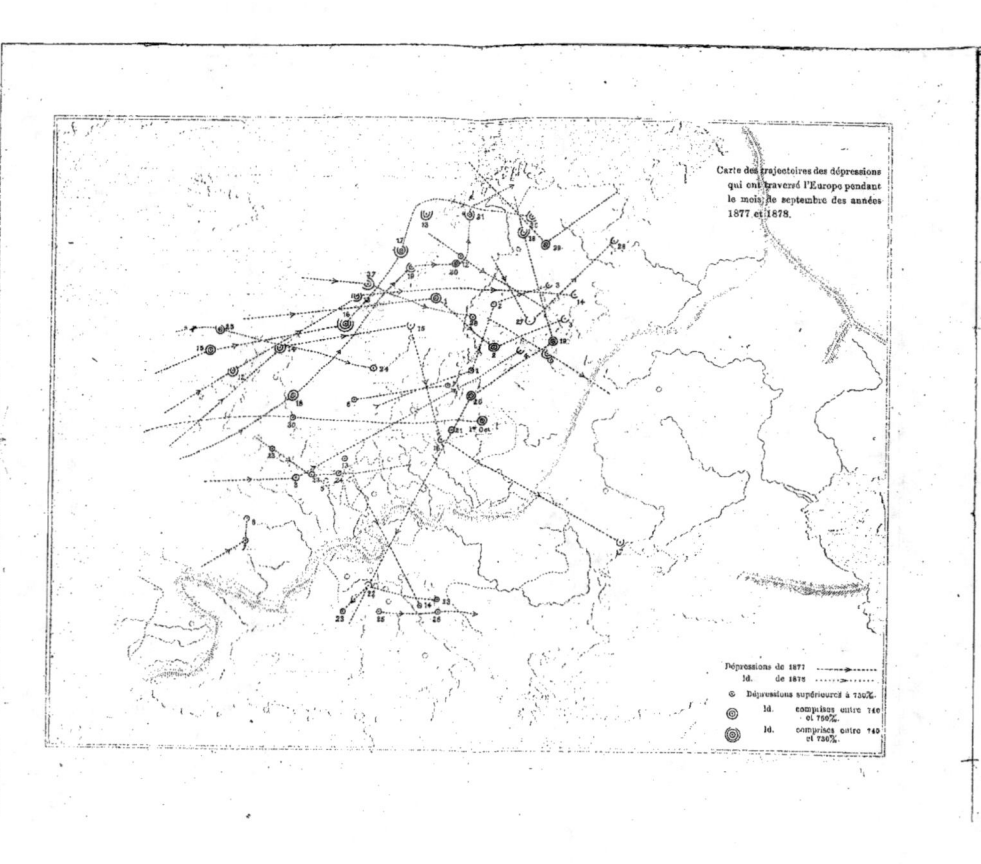

Carte des trajectoires des dépressions
qui ont traversé l'Europe pendant
le mois de septembre des années
1877 et 1878.

Dépressions de 1877 ............
        Id.      de 1878 ............
    ⊙  Dépressions supérieures à 750%.
    ◎  Id.      comprises entre 740
                   et 750%.
    ◉  Id.      comprises entre 740
                   et 750%.

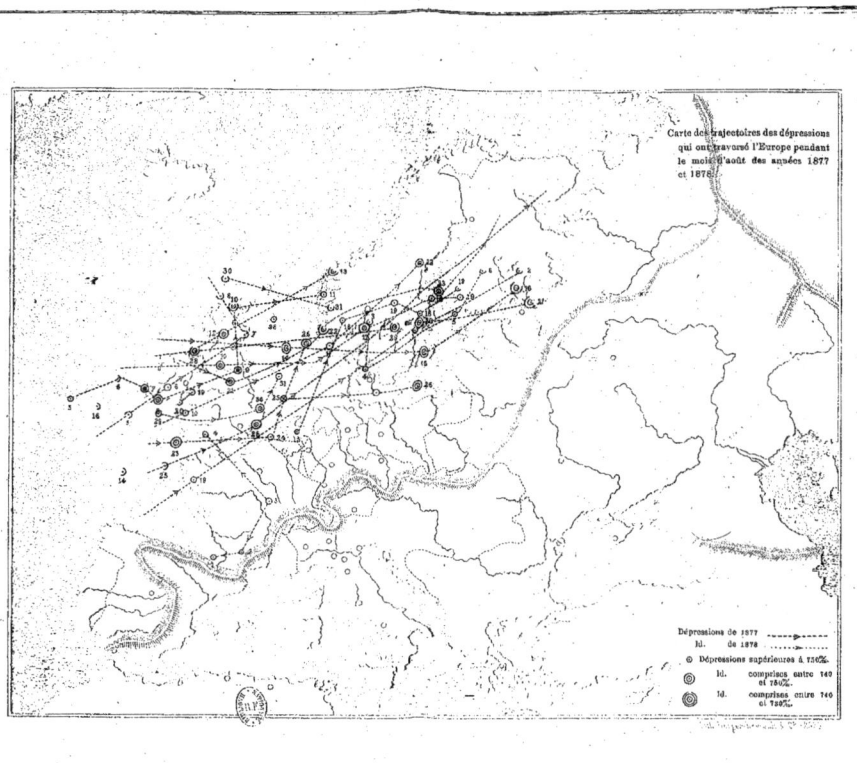

Carte des trajectoires des dépressions
qui ont traversé l'Europe pendant
le mois d'août des années 1877
et 1878

Dépressions de 1877 ------------
Id.      de 1878 ------------
⊙ Dépressions supérieures à 750%.
◉ Id.      comprises entre 740
              et 750%.
◉ Id.      comprises entre 740
              et 730%.

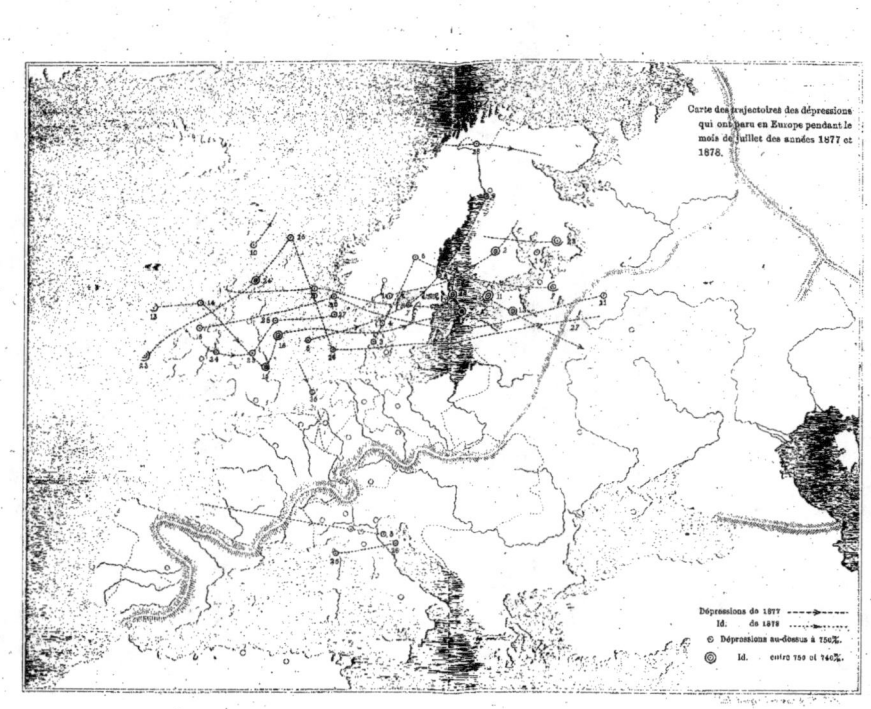

Carte des trajectoires des dépressions
qui ont paru en Europe pendant le
mois de juillet des années 1877 et
1878.

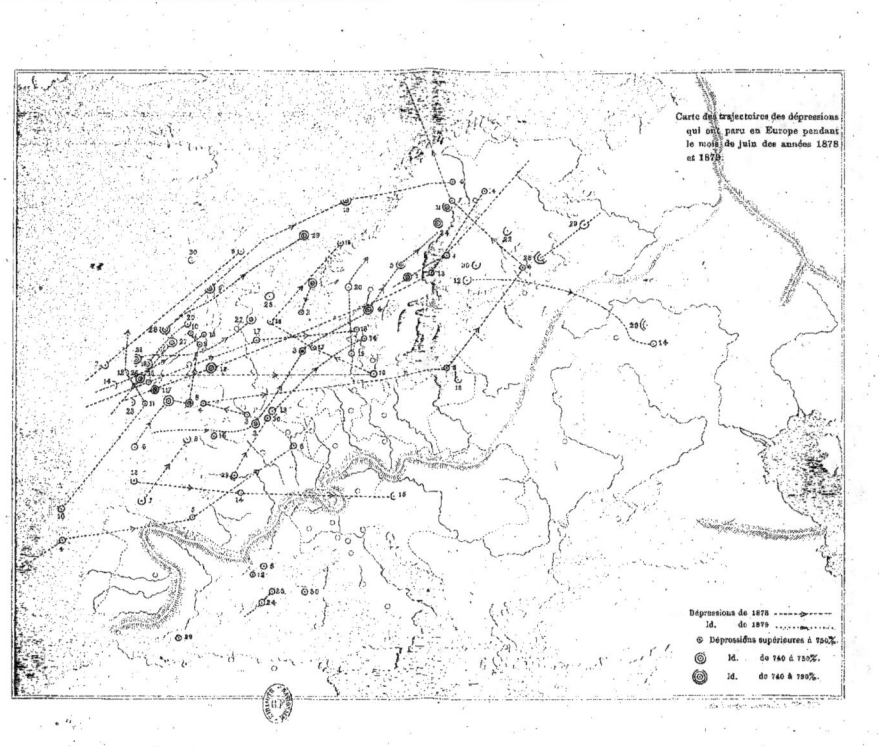

Carte des trajectoires des dépressions
qui ont paru en Europe pendant
le mois de juin des années 1878
et 1879.

Dépressions de 1878 ........
Id. de 1879 ........
Dépressions supérieures à 750%.
Id. de 740 à 750%.
Id. de 740 à 730%.

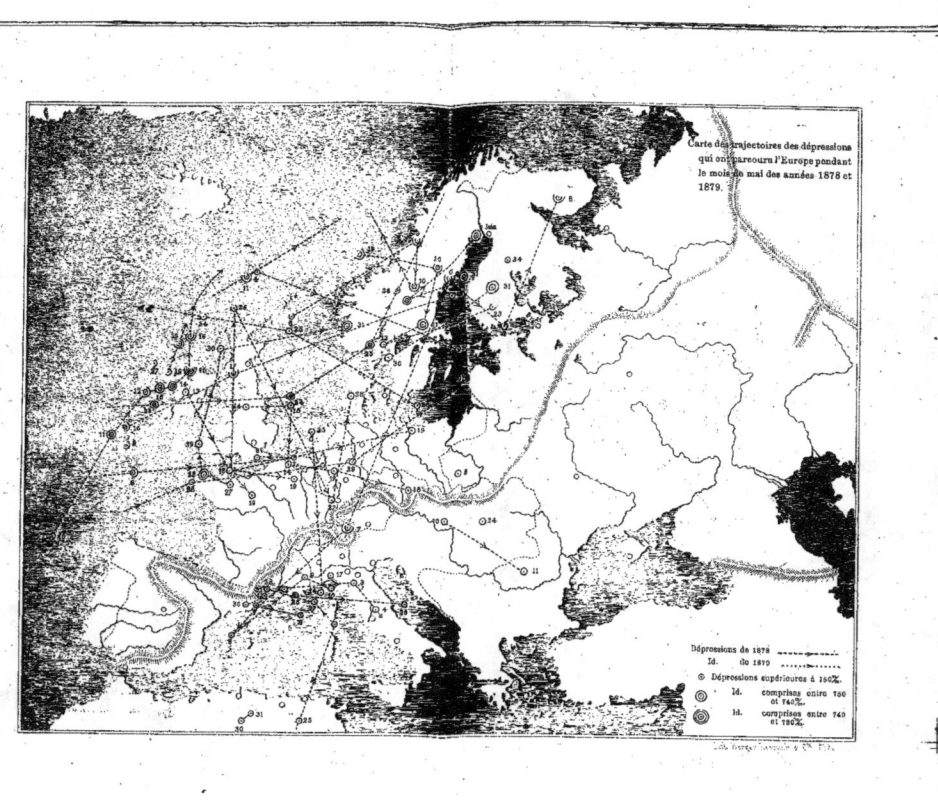

Carte des trajectoires des dépressions
qui ont parcouru l'Europe pendant
le mois de mai des années 1878 et
1879.

Dépressions de 1878 _____
Id. de 1879 ..............
Dépressions supérieures à 750ᵐ/ₘ.
Id. comprises entre 750
et 740ᵐ/ₘ.
Id. comprises entre 740
et 730ᵐ/ₘ.

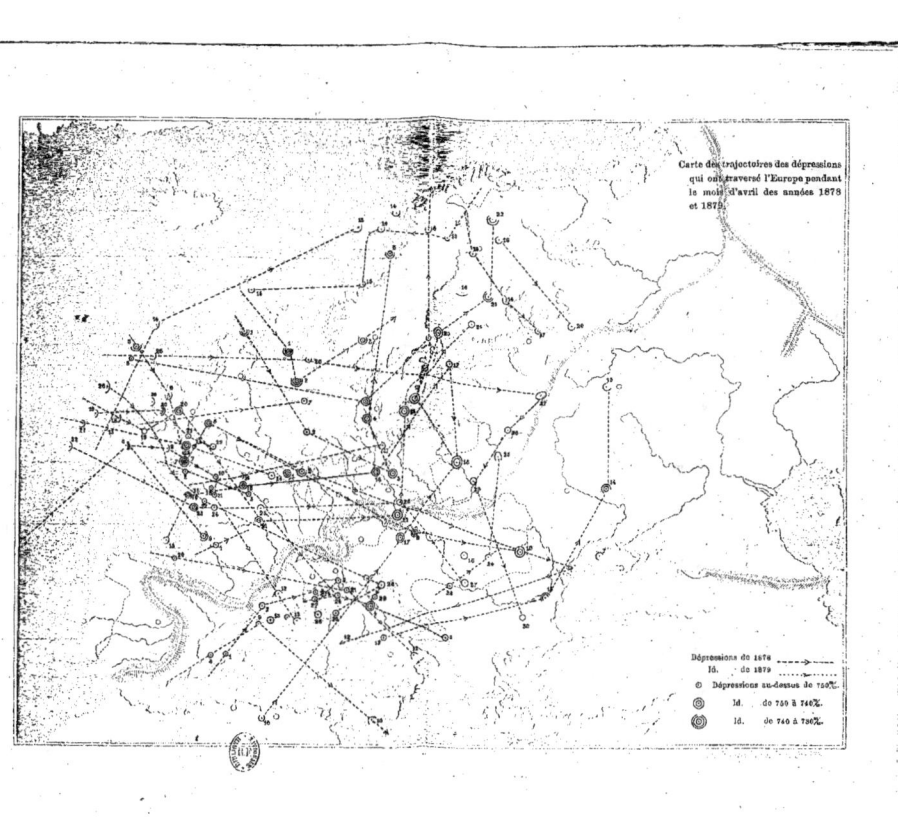

Carte des trajectoires des dépressions
qui ont traversé l'Europe pendant
le mois d'avril des années 1878
et 1879.

Dépressions de 1878 ------>
Id. de 1879 ·····>
Dépressions au-dessus de 750%.
Id. de 750 à 740%.
Id. de 740 à 730%.

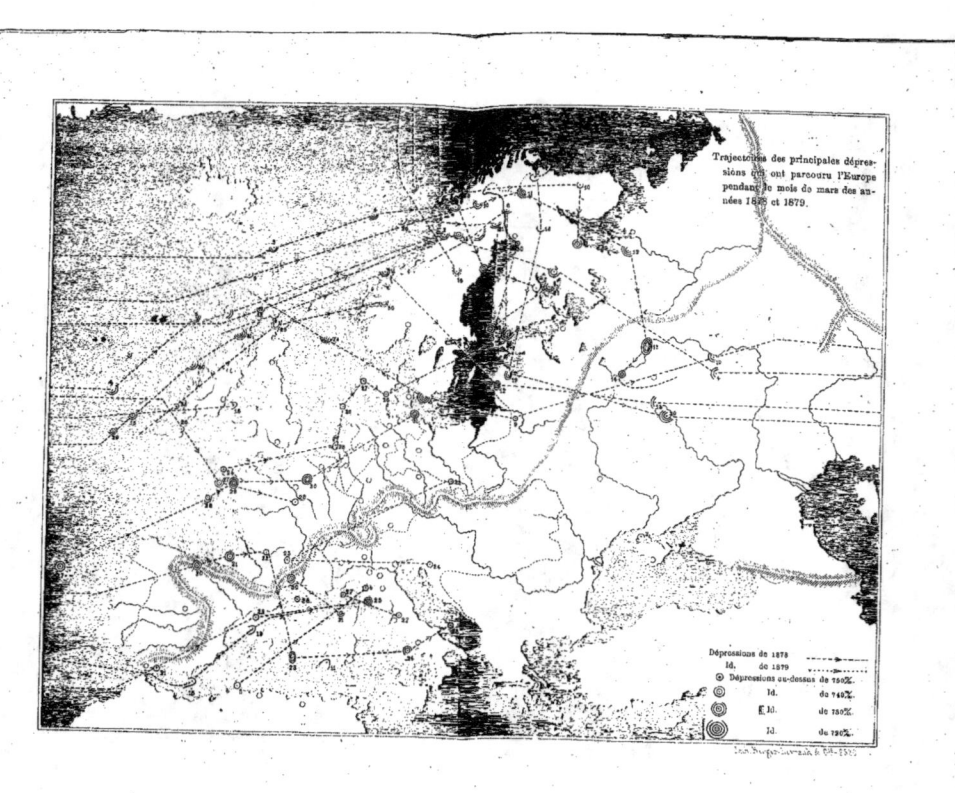

Trajectoires des principales dépressions qui ont parcouru l'Europe
pendant le mois de mars des années 1878 et 1879.

Dépressions de 1878
Id.      de 1879
Dépressions au-dessus de 760%.
Id.      de 740%.
Id.      de 750%.
Id.      de 790%.

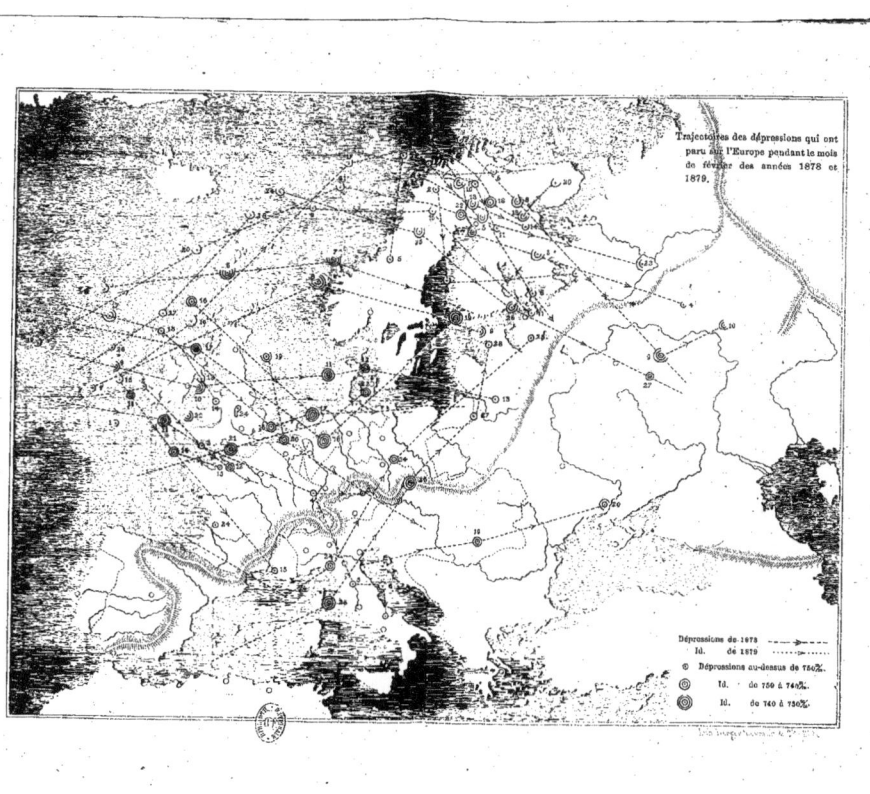

Trajectoires des dépressions qui ont
paru sur l'Europe pendant le mois
de février des années 1878 et
1879.

Dépressions de 1878 —————
Id. de 1879 ·············
Dépressions au-dessus de 750%.
Id. de 750 à 740%.
Id. de 740 à 730%.

# LIBRAIRIE BERGER-LEVRAULT & Cⁱᵉ

**Calculs des Propulseurs hélicoïdaux**, par M. Charles Antoine, ingénieur de la marine. 1880. — Grand in-8°. . . . . . . . . . . . . . . . . Prix : 1 fr. 25 c.

**De la Révision et de la Codification des lois.** Aperçu sur la refonte de la législation de la marine. Projet de dictionnaire administratif de la marine par M. C. Chatelain, inspecteur adjoint de la marine. 1880. — Gr. in-8°, broché. 1 fr. 25.

**Coup d'œil sur la Pisciculture et ses procédés,** par M. H. Bout. 1880. — Grand in-8°, broché. . . . . . . . . . . . . . . . . . . . . . . . . . . Prix : 75 c.

**Notice sur la cause du Verdissement des Huîtres,** par M. Puységur, sous-commissaire de la marine. — Grand in-8°, broché. . . . . . . . . . . Prix : 75 c.

**Les Observations simultanées et les cartes synoptiques** au Congrès météorologique international de Rome, tenu en avril 1879, par M. L. Brault, lieutenant de vaisseau. — Grand in-8°, broché. . . . . . . . . . . Prix : 1 fr. 50.

**Les Colonies françaises, à l'Exposition universelle de 1878.** Rapport de la commission coloniale. 1880. — Grand in-8°, broché. . . . . . . Prix : 1 fr.

**Manuel d'artillerie navale à l'usage des officiers,** par M. Le Bazic, lieutenant de vaisseau, 1880. — 1 volume in-8°, broché. . . . . . . Prix : 3 fr. 50.

**Cours d'Administration des élèves-commissaires de la marine.** Matières de 1ʳᵉ année, par MM. P. Fournier et Neveu, commissaires de la marine. 1880. — 1 vol. gr. in-8° de 423 pages, broché. . . . . . . . . . Prix : 6 fr.

**Cours d'Administration des élèves-commissaires de la marine.** Matières de 2ᵉ année, par MM. Pierre Fournier et Ernict-Bajon, commissaires de la marine, 1879. — 1 vol. gr. in-8° de 611 pages, broché. . . . . Prix : 7 fr. 50.

**Les Essences forestières du Japon,** par M. E. Dupont, ingénieur des constructions navales. 1880. — 1 vol. gr. in-8°, broché. . . . . . . Prix : 4 fr. 50.

**Étude sur la Législation réglementant la coupe et la récolte des herbes marines,** par M. Lucien Ayrault, procureur de la République à Quimper. 1880. — Grand in-8°, broché. . . . . . . . . . . . . . . . Prix : 2 fr. 50.

**La Loi du 5 août 1879 sur les pensions du personnel du département de la marine et des colonies,** par M. J. Delarbre, trésorier général des Invalides de la marine. 1880. — Grand in-8°, broché. . . . . . . . . . . . Prix : 2 fr.

**Éléments de Tactique navale,** par le vice-amiral Penhoat. 1879. — Grand in-8°, avec 29 figures. . . . . . . . . . . . . . . . . . . . . . . . . Prix : 5 fr.

**Note sur un Loch à moulinet expérimenté à bord de la Magicienne** (extension du principe de l'anémomètre Robinson), par M. G. Fleuriais, capitaine de vaisseau. 1879. — Grand in-8° avec 1 planche. . . . . . . . . Prix : 1 fr.

**La Marine militaire de la France sous Philippe le Bel (1294-1304),** par le Bᵒⁿ de Rostaing, ancien capitaine de vaisseau. 1879. — Grand in-8°. Prix : 50 c.

**Les Relations de l'Algérie avec l'Afrique centrale,** par M. E. Watbled, sous-archiviste du Sénat. — Brochure grand in-8°. . . . . . . . . . . Prix : 75 c.

**Notice historique sur la pisciculture,** par M. H. Bout. — Brochure gr. in-8°. . . . . . . . . . . . . . . . . . . . . . . . . . . . . . . . . . . . Prix : 1 fr. 25.

**Essai historique sur la stratégie et la tactique des flottes modernes,** par M. Ch. Charaud-Arrault, lieutenant de vaisseau. — Br. gr. in-8°. Prix : 1 fr. 25.

**Notice sur l'organisation du corps du Commissariat de la marine française,** depuis l'origine jusqu'à nos jours, suivie d'une liste chronologique des anciens intendants de la marine et des colonies, par M. A. Duchard, sous-commissaire de la marine. — Grand in-8°, broché. . . . . . . . . . . Prix : 4 fr.

**Note sur la Tactique en essai,** par M. P. de Cornulier, lieutenant de vaisseau. — Grand in-8°, avec figures, broché. . . . . . . . . . . . . . Prix : 75 c.

**Des Lames de haute mer,** par M. Ch. Antoine, ingénieur de la marine. — Grand in-8°, broché, avec figures. . . . . . . . . . . . . . . . Prix : 1 fr. 50.

**Le Canal interocéanique et les explorations dans l'isthme américain.** Conférence faite à la Société de géographie commerciale, par M. A. Reclus, lieutenant de vaisseau. — Grand in-8°, avec carte, broché. . . . . . Prix : 1 fr.

NANCY, IMPRIMERIE BERGER-LEVRAULT ET Cⁱᵉ.

www.ingramcontent.com/pod-product-compliance
Lightning Source LLC
Chambersburg PA
CBHW070809260626
47161CB00006B/2217